동네언니의

상
담
일
기

동네언니의 상담일기

소외된 나를 찾아가는 심리상담의 기록

초 판 1쇄 2024년 06월 26일

지은이 신지현
펴낸이 류종렬

펴낸곳 미다스북스
본부장 임종익
편집장 이다경, 김가영
디자인 임인영, 윤가희
책임진행 김요섭, 이예나, 안채원, 임윤정

등록 2001년 3월 21일 제2001-000040호
주소 서울시 마포구 양화로 133 서교타워 711호
전화 02) 322-7802~3
팩스 02) 6007-1845
블로그 http://blog.naver.com/midasbooks
전자주소 midasbooks@hanmail.net
페이스북 https://www.facebook.com/midasbooks425
인스타그램 https://www.instagram.com/midasbooks

© 신지현, 미다스북스 2024, *Printed in Korea*.

ISBN 979-11-6910-699-3 03810

값 **17,500원**

미다스북스는 다음세대에게 필요한 지혜와 교양을 생각합니다.

신지현 지음

동네언니의

상담일기

미다스북스

추천사

　책을 펼치면서부터 내 예상은 빗나갔다. 심리상담사인 저자는 상담자로 등장하지 않는다. 상담받는 내담자로서 글을 쓰고 있다. 이 책은 상담한 내용이 아니라 상담받은 기록이다. 그래서 저자는 가르치지 않는다. 독자와 함께 깨우쳐나간다. 독자는 자신이 상담받는 듯한 착각에 빠져든다.

　이 책을 읽기 전, 나는 나를 안다고 생각했다. 아니었다. 내가 나를 모르고 있었다는 걸 깨달았다. 무엇보다 내 행동의 이유를 알게 됐다. '왜 나는 말을 많이 하려고 하는지', '나는 왜 칭찬을 갈구하고 질책을 무서워하는지' 그 까닭을 알았다. 내가 겪었거나 지금 경험하고 있는 일중독, 우울증, 공황장애의 원인도 알게 됐다. 여기에 더해 내가 문득문득 느끼고, 나를 괴롭히는 외로움, 분노, 수치심, 두려움이 치료 대상일 수 있다는 사실도 알았다.

　무지와 통념이 깨지는 통쾌함도 맛봤다. 모르던 개념이나 사실을 아는 즐거움이란! "내사(introjection)는 의미 있는 타인이나 권위적인 대상의 생각과 태도를 그대로 받아들이는 것을 말한다. 예를 들어 권위자가 "넌 멍청해."라는 말할 때 그 말을 꿀꺽 삼켜서 스스로 '멍청하다.' 생각하는 게 내사된 말이다." 이런 내용이 즐비하다. 무지를 무찌르는 행진이 계속된다. 또

동네언니의 상담일기

한 '누군가를 돕고 돌보려는 마음이 왜 잘못됐는지, 친구 같은 부모에게는 무슨 문제가 있는지' 평소 갖고 있던 생각을 뒤집는 반전의 연속이다.

읽다가 걱정이 됐다. 이렇게까지 자신의 치부를 드러내도 되나? 나중에 후회하진 않을까? 악역으로 등장하는 몇몇 분이 이 책을 읽으면 어떡하나? 읽는 내가 다 조마조마하다. 모든 게 너무 솔직하고 적나라하다. 위선이 아닌 위악을 부리는 저자에게서 위로받는다. '어쩌면 나와 이렇게 비슷할까. 그래, 나만 그런 게 아니었어. 사는 게 다 거기서 거기야.'란 생각으로 동질감을 느끼며 죄책감을 내려놓게 한다. 나아가 저자는 해법도 제시해준다. 자기 생각에 속지 않는 법, 관계를 지키며 대화하는 법, 지치지 않고 살아가는 법을 가르쳐준다.

심지어 재미있기까지 하다. 심리 치료 드라마를 보는 것 같은 생생함이 있다. 책에서 등장하는 상담자는 전지전능하다. 그러면서도 인간적이다. jtbc 드라마 〈나의 해방일지〉의 주인공 '구씨' 역을 맡은 배우 손석구 같다. 저자는 배우 김지원이 분한 '염미정'이다. 자신을 제물로 바쳐 심리 임상실험을 하고 있다. 독자 역시 자신을 들여다보는 스릴을 만끽하며 카타르시스를 느낀다.

다 읽고 난 지금, 모든 것은 나로부터 비롯한다는 걸 깨달았다. 그리고 나를 더 알고 싶어졌다. 나를 더 옹호하고 응원하게 됐다. 내가 내 편이 됐다. 마음이 평화로워졌다.

강원국(작가)

추천사

　마음의 상처는 숨기고 싶다. 꺼내놓으면 아픔이 더욱 도드라지기 때문에 대개 마음 깊은 곳에 묻어두면서 잊혀지기를 바란다. 하지만 어떤 상처는 마음 깊숙이 새겨져 자기 비난이나 자책, 수치심이나 죄책감과 같은 부정적인 감정의 근원이 되기도 한다. 이 책은 아픈 마음을 해결하고 싶지만 어떻게 해야 할지 모르는 사람을 위한 상담의 친절한 입문서이자 안내서이다. 상담자인 저자 자신이 상담을 받으며 아픈 과거를 마주할 용기를 내고 자신의 상처를 이해하고 보듬는 과정을 세세하고 생생하게 기록했다. 작가의 바람처럼 이 책이 과거의 상처를 가진 사람들에게 치유의 희망을 안겨줄 수 있기를 기대한다.

김재원(서울대학교어린이병원 소아청소년정신과 교수)

추천사

동네언니의 상담일기는 자기 발견과 치유의 여정입니다. 상처 입은 상담사의 솔직한 고백을 통해 독자들은 취약함으로부터 성장의 세계로 초대됩니다. 작가가 오랜 고통과 방황의 시간을 용기있게 직면하면서 진정한 자기를 만나지 못하게 방해했던 접촉경계혼란을 알아차리고 자기를 바로 세우는 여정은 자신의 상처와 고통에 직면하는 독자들에게 희망과 위로를 제공하여 치유가 가능하다는 사실을 안내합니다.

이제는 상처 입은 내담자들을 진심으로 돕고자 하는 마음으로 써 내려간 상담사의 성장 일기는 감동적이면서도 많은 이들에게 공감을 불러일으킵니다. 이 책은 단순한 회고록이 아닌, 외상 후 성장과 자기 성찰의 변화에 대한 증거입니다. 독자들은 이러한 여정을 따라가면서 자신의 취약성에 대해 마주하고, 자기 수용과 성장을 향한 여정을 시작하게 될 것입니다.

김은하(게슈탈트 상담 심리학회 회장, 단국대학교 교육학과 교수)

추천사

저자는 본인이 책에서 적고 있듯이 수치심이 있다. 수치심을 가진 사람은 자신의 초라함과 부족함을 들여다보는 것이 너무 무섭다. 공포스러울 정도로…. 그런 자신을 개방한다는 것은 죽음을 각오할 정도의 용기를 내어야 가능하다. 그래서 많은 사람은 적당히 눈감고, 애써 외면하고 회피하면서 합리화한다.

그러나 저자는 몸이 흔들리고 마음이 휘청이는 경험을 하면서도 자신을 찾아서 떠났다. 떠나기 전의 두려움, 떠났지만 쉽게 도달하지 못하고 갈 바를 찾지 못하는 막막함, 어느 순간 알아차리는 기쁨도 맛보지만, 다시 원래대로 돌아온 것 같은 낭패감과 절망감을 솔직하게 기록하고 확인했다.

저자와 똑같은 삶을 살지는 않았지만, 비슷한 고민을 하는 사람들이 많을 것이다. 이분들께 이 기록과 떠남은 참고서 역할을 충분히 할 수 있을 것이다. 가보지 않은 길에 먼저 출발한 사람의 참고 기록은 꽤 도움이 되지 않는가?

나도 수치심으로 오래 고생하고 있는 사람이다. 그래서 저자의 용기 있는 떠남의 길에 잠시 동행하며 수치의 단절에서 연결의 만남을 선택할 수 있는 용기를 배웠다. 고맙고, 감사하다. 저자를 응원하고 지지한다.

김영기 (게슈탈트 부부가족상담센터장, 게슈탈트 상담 수련감독자)

두 번째 상담 일기

치유 상담, 감정과의 만남

세 번째 상담 일기

진짜 '나'를 찾는 시간

네 번째 상담 일기

'우리'를 연결하는 방법

잠깐! 상담받기 전 알아야 할 것

과거 상처로부터
벗어나기 위한 여정의 시작

"죽지 않고 어떻게 견뎠니?"

어린 시절 내 이야기를 지인에게 한 적이 있었다. 내 경험을 들은 지인은 죽지 않고 어떻게 견뎠냐고 말했다. 그 말에 공감받는다는 느낌보단 의아함이 먼저 들었다. 내 경험이 고통스러운 일이라 생각하지 못했기 때문이었다. 어릴 적 당한 폭력들은 내가 잘못해서라 생각했다. 학대당하는 상황에서 힘들 거라 공감하는 어른들은 내게 없었고, 학대와 성폭력 피해자임에도 어릴 때 그 일은 내가 잘못한 일이라 생각하며 살아왔다.

상담은 어린 시절 상처 입은 내 영혼을 치유하는 과정이었다.

어린 시절 나를 학대한 사람은 가까운 어른들이었다. 상담을 통해 알게 된 사실은 성인이 된 지금도 나를 학대하는 사람이 있었다. 잔인한 말을 매일 쏟아내며 괴롭히는 사람은 바로 '나'였다. 상담은 지금도 스스로 괴롭히고 있는 나를 만나는 과정이었다.

이 책은 나의 치유 과정을 담은 책이다.

처음 상담을 받던 날부터 경험을 담은 책을 쓰고 싶었다. 이 책이 과거 상처를 가진 사람들에게 치유의 희망을 전달할 수 있다면 좋겠다. 그리고 나와 같은 환경에서 살아온 사람들에게 "당신은 혼자가 아니에요." 혹은 "당신 잘못이 아니에요."라고 말해주는 책이길. 또 누군가 과거의 상처로 힘들어하는 사람의 손을 잡아줄 수 있는 그런 책이면 좋겠다.

첫 번째 상담일기

트라우마 치유의 첫걸음

무엇을 하든 눈물이 흘렀다.
'내가 왜 울고 있지?' 정신을 차려보면 감정은 느껴지지 않았다.
직감적으로 상처가 터져 나오고 있음을 알았다.

어린 시절, 나의 외상 경험 이야기

　나의 어머니는 6세 무렵 6.25전쟁에서 자신을 무척 사랑해 준 분들의 죽음을 차례로 맞았다. 그 당시, 힘들었던 탓인지 열을 동반한 큰 전염병을 앓았다. 적절한 치료를 받지 못해 병의 후유증이 크게 남았다. 이후 자폐를 의심할 정도로 극심한 증상이 남았다. 병을 앓기 전엔 노래를 지어 부를 정도로 영특했다. 딸이 태어나길 기다리던 집안에서 아버지의 큰 사랑을 받은 딸이었다. 외갓집은 자녀에게 장난감과 어린이 잡지를 사 줄 정도로 사랑이 넘쳤다. 당시로선 흔치 않았던 풍경이었다. 어머니는 전염병에서 회복된 후 자기 몸도 건사하기 힘든 상태로 변해버렸다고 한다. 가족들은 어머니의 상태를 이해하지 못했다. 내 추측엔 어머니는 전쟁 후 PTSD(외상후 스트레스 장애)와 중증 우울증을 앓았던 것 같다. 어머니는 그런 자신의 과거에 대한 수치심이 있다. 어머니는 자기 몸을 겨우 건사하는 상태였다. 하지만 외할머니는 엄마를 차남과 기독교인이라는 조건에 맞는 우리 아버지와 결혼시키셨다. 외할머니는 딸이 시집간 후에도 돌보려는 마음을 먹고 계셨지만 아쉽게도 오빠가 태어날 즈음 돌아가셨다.

아버지는 타인에겐 허용적이지만 자신에게는 인색한 분이다. 결혼 전 아내의 병은 알고 있었다. 하지만 아내의 부족함을 탓한 적은 없었다. 많이 배우진 못했지만 성실한 분이었다. 외항선을 탔기에 아버지의 직장 문제로 우리 가족은 고향을 떠났다. 아버지는 1년에 한 번, 1~2개월 정도 집에 계셨다. 아버지와의 추억은 많지 않다. 가정적이었고 폭력은 없었다. 하지만 아버지는 자아가 없어 친척들에게 휘둘렸다.

부모님은 고향을 떠나 부산에서 자리를 잡았다. 아버지가 외항선을 탔기에 어머니는 남편 없이 홀로 오빠를 키우게 됐다. 극심한 우울증이 있던 어머니에게는 버거운 일이었을 것이다. 우리 가족은 누군가의 도움을 받아야 했다. 우리 집을 포함한 가까운 친척 4가구가 같은 동네 5분 거리에서 오밀조밀 살았다. 친척 남자 어른들 모두 외항선을 탔기에 더더욱 의지하며 지냈다. 당시 나를 임신 중이었던 어머니는 돌봄을 위해 큰집에서 셋방살이를 시작했다. 내가 태어난 건 큰집에 세 들어 살던 때였다.

1974년에 태어난 나는 어릴 때 무척 씩씩한 꼬마였다. 우울증이 있는 어머니가 감당하긴 힘든 딸이었다. 어머니는 유별난 나를 키우며 '너 같은 딸 하나 낳아봐라.'라고 생각했다고 말했다. 나는 어머니가 상상할 수 있는 범위를 넘는 딸이었다. 배 속에 있을 때부터 태동이 심했다고 한다. 하루는

동네언니의 상담일기

내가 없어져서 어머니가 "지현아~"라고 불렀을 때 7세 때엔 나무 꼭대기에서 "엄마 나 여기~"라고 대답했고, 또 한번은 전봇대 위에서 대답한 적도 있었다. 사달라는 물건도 매우 많았다. 늘 사 줄 때까지 조르는 바람에 어머니는 결국 백기를 들 때가 많았다.

어릴 때는 또래보다 큰 키에 덩치가 커서 눈에 띄는 아이였다. 정의감도 넘쳤는지 여자아이들은 남자아이들이 고무줄을 끊고 도망가면 도와달라며 내게 달려왔다. 그럴 때 나는 "이 X끼야~~" 하고 큰소리치며 쫓아가서 혼내줬다. 아주 어릴 땐 돌을 던져 동네 남자아이의 머리를 다치게 한 기억도 있다. 초등학교 동창회에 가면 나에게 맞았다는 남자 친구들이 줄을 선다. 지금은 여리여리(?)한 모습이라 누군가를 때렸을 거라 상상하기 어렵지만 어릴 적 나는 유별난 아이였다.

내가 상담 치료를 받아야 했던 건 어릴 적 학대와 성추행당한 경험 때문이다. 4세쯤이었던 것 같다. 강렬했던 성추행 기억이 있다. 기껏해야 3살 정도 많은 이웃집 오빠였다. 어른들이 부재한 상황이었다. 아이들만 남아 숨바꼭질을 하고 있었다. 이불에 숨어 있던 나에게 이웃집 오빠가 다가와서 성기를 만졌다. 당시 TV에선 〈인어공주〉가 방영되고 있었다. 그 순간 아주 어렸지만 무언가 잘못됐다는 마음이 들었다. 그리고 〈인어공주〉의 장면이 뇌리에 강하게 남았다. 그 후 성을 기반으로 한 놀이가 일상이 되었다. 어른들은 아무도 몰랐거나 그 일을 대수롭지 않게 생각했던 것 같다. 놀이를 들키거나 야단맞은 적은 없었다. 비밀스럽게 진행한 놀이는 초등학교 5학년 성교육 시간에 그 의미를 깨닫고 놀라서 멈췄다. 그 일은 내게 두려움과 죄책감, 존재의 수치심을 남겼다.

7살 무렵부터 나는 돈이 없어졌다며 큰어머니에게 야단맞기 시작했다. 첫 기억은 내게 돈이 없어졌다며 유도 신문하는 장면이다. 큰어머니는 오빠와 내가 자기 돈을 훔쳤다고 상정한 다음 물었다. "돈이 서랍에 있었어? 아니면 그냥 위에 있었어?" 안 했다는 말만 믿어주지 않았다. 내가 무엇을 선택해도 정답이라 말하던 큰어머니였다. 그날부터 오빠와 나는 꼼짝없이 도벽 있는 아이가 되어 매를 맞기 시작됐다.

초등학교 1학년 때부터 부모님의 돈을 훔치기 시작했다. 이후 도벽에 대한 대가는 컸다. 회초리는 기본이었다. 야구방망이로 얼굴을 맞는 날도 있었다. 가장 큰 학대의 기억은 개 줄 사건이다.

초등학교 3학년 때였다. 큰어머니는 교회에서 헌금이 없어졌다며 화가 나서 우리 집으로 곧장 왔다. 도둑은 틀림없이 나라고 믿고 있었다. 체벌을 위해 나의 목을 개 줄로 감았다. 그 상태로 동네를 가로질러 자기 집까지 걸어가게 했다. 수치심을 이용해 도벽을 끊게 하려는 전략이었다. 그날의 기억은 걸어가며 보았던 버드나무만 뇌리에 남았다. 체벌은 점점 강해졌다. 하지만 훔치는 돈의 크기도 같이 커졌다. 초등학교 4학년 무렵엔 고

모네 돈도 훔쳤다.

초등학교 1학년 아이들의 도벽은 흔하다. 지속적인 도벽은 아이에게 사랑이 부족하다는 뜻이다. 내 곁엔 그걸 눈치챌 어른들은 없었다. 우리 집은 4대째 기독교 집안이다. 도벽이란 지옥에 가는 큰 죄라는 엄격함만 존재했다.

큰어머니의 학대를 부모님은 왜 막지 않았냐고 묻는 사람들이 대부분이다. 아버지는 큰어머니가 때리는 걸 학대로 보지 않았다. 문제 있는 우리 남매를 신경 써서 훈육한다며 고마워했다. 어머니는 우울증과 무기력이 심했다. 그런 어머니가 큰어머니와 대항하며 싸우기는 어려웠을 것이다. 내겐 학대를 막을 울타리가 없었다. 큰어머니가 우리 가족을 침범하고 학대하는데도 돌봄이라는 이름으로 포장되어 있었다.

보호받지 못한 아이는 세상이 무서운 곳이라는 감각을 갖게 된다. 언제 공격당해서 죽을지 모른다는 공포심이다. 만 11세 이전에 경험하는 트라우마는 한 번의 경험만으로도 여러 가지 성격적인 문제가 생길 수 있다. 아버지의 부재와 우울증으로 자신조차 지키지 못하는 어머니. 자기만의 세계에 빠져 대화가 통하지 않는 오빠. 어린 나는 고군분투하며 생존을 위해 살아가야 했다.

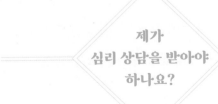

제가
심리 상담을 받아야
하나요?

처음 심리상담을 받은 건 2010년이었다.

그 무렵, 누군가 자꾸 나를 죽일 것 같은 느낌이 들었다. 당시 친하게 지내던 교수님께 상담을 요청했다. 함께 공부하던 친구의 죽음을 경험한 것도 큰 영향을 미쳤다. 상담은 도움이 됐지만 경제적인 이유로 3회기 만에 끝났다. 삶에 큰 불편함이 없었기에 개인 상담을 더 이어가지 않았다. 이후 여러 번의 집단 상담에 참여했다. 그때마다 적극적으로 내 과거를 이야기했기에, 어릴 적 상처는 치유가 된 줄 알았다.

그보다 앞서 2002년, 정신과 진료를 받은 적이 있었다. 부부 갈등이 극심해 내가 문제인지 남편이 문제인지 묻기 위해 갔다. 진료실에 앉자마자 눈물이 하염없이 쏟아졌다. 의사는 검사도 없이 5분도 안된 진료 시간에 우울증이라 진단했다. 우울증 약을 처방받았다. 친구도 많고 웃음이 많던 내가 우울증이라니 믿을 수 없었다. 진단을 받고 남편을 원망했다. 약을 두 번 먹고 불편함을 느껴 이후로는 먹지 않았다. 2002년 당시에는 정신과 약에 대한 편견도 있었다. 그때 상담자(심리상담을 하는 사람을 상담자, 상담을 받는 사람은 내담자라고 한다.)를 만났다면 많은 게 달라졌을 것이다.

심리 상담사로 일하면서도 어린 시절의 경험이 내 삶에 부정적인 영향을 미치고 있다고 생각하지 못했다. 상담자로 일하기 위해선 교육 분석을 받아야 한다. 학교에 다닐 때 2년간 자기 분석 과제를 네 번, 400페이지 분량으로 제출했다. 거짓 없이 모든 걸 담았고 많은 도움을 받았다. 특히 동료 상담 과정도 거쳤기에 그것만으로 나아진 줄 알았다. 착각이었지만, 나는 불안이나 우울 증상은 없다고 생각했다. 특별히 대인관계에서 문제가 두드러진 것도 아니었다.

2018년 Me To 운동이 한창일 때였다. 쏟아지는 기사에 내 상처가 꿈틀거리기 시작했다. 평소 성(性)에 대해선 나는 피해자임과 동시에 참여자, 혹은 가해자라 생각했다. 내게 상처가 있다는 걸 인정하기 어려웠다.

'지나간 상처를 끄집어내서 어쩌자는 건지….'

사람들이 과거 이야기를 하는 게 불편하게 느껴졌다. 내 감정이 '화'인지, '슬픔'인지 알 수 없었다. 공감받지 못한 상처는 무뎌져 내 마음을 더 이상 찌르지 않았다. 쓰나미처럼 고통이 몰려왔지만 무언지 모를 감정들은 자리를 잡지 못하고 익숙한 듯 곧 잊었다. 그리곤 괜찮을 줄 알았다.

2019년 6월, 나와 비슷한 상처를 가진 성희를 만났다. 성희의 놀이에는 성적인 내용이 담겨 있었다. 성희에게 내 어린 시절이 보였다. 이후 혼자 있으면 멍해졌다. 그리고 무엇을 하든 눈물이 흘렀다. '내가 왜 울고 있지?' 정신을 차려보면 감정은 느껴지지 않았다. 그리고 울고 있는 내가 마음에 들지 않았다. 직감적으로 상처가 터져 나오고 있음을 알았다. 하지만 상담을 받아야 한다는 데 저항이 생겼다. 그래서 고민했다. '박사 진학 후 내 상태에 관한 연구를 할까? 상담을 받을까?' 상처를 건드는 것이 불편했다. 어린 시절과의 만남을 피하고 싶었다.

먼저 박사에 진학한 선배에게 전화했다. "내가 심리상담을 받아야 하나요? 어린 시절 상처를 연구하고 싶어요."라고 말했다. 선배에게 내 경험을 이야기하다가 자연스럽게 상담으로 이어졌다. 펑펑 울며 선배에게 말하고 나니 마음이 호수를 바라보듯 편안해졌다. 그리고 어린 시절 마음의 상처를 공감받은 적이 없었음을 깨달았다. 선배는 상담받을 것을 권했다.

선배에게 추천받은 상담자에게 2019년 8월 3일 첫 상담을 받았다.

무더운 여름날 휴가의 끝자락이었다. 상담 예약을 해 놓고 그날을 손꼽아 기다렸다. 상담만 받으면 바로 좋아질 것 같다는 희망에 부풀어 있었다. 어렵게 찾아간 상담. 첫 상담에서 상담자에게 치료 기간이 얼마나 걸리냐고 물었다. "2~3년쯤 걸려요."라고 들었던 기억이 난다. 당시 빠르게 노력해서 1~2년 안에 끝내겠다고 생각했다. 지금 생각하면 내 운명을 바꿀 만남이었다. 하지만 내가 이렇게 긴 시간 상담을 받게 될지는 몰랐다.

동네언니의 상담일기

"아무리 강한 사람도 자신을 치유할 수 없다."[1] 어린 시절 학대의 아픔을 정신력으로 이겨내라고 말하는 건 폭력이다. 상처 입은 사람에게 "나도 이 겨냈으니, 너도 괜찮을 거야."라고 말하는 건 무능함에 대해 자책하게 만든다. 내가 상담사지만 다른 상담자를 찾는 데는 오랜 시간이 걸렸다. 이렇게 도움을 받기까지 오래 걸리는 이유는 첫째, 자신의 문제에 대한 인식이 없기 때문이다. 병원에서 자신의 문제를 인식하지 못하는 사람을 지칭할 때 병식이 없다고 말한다. 병식이 있을 때 치유가 시작된다. 둘째, 과거 상처를 꺼내야 한다는 두려움도 있었다. 과거 트라우마를 다시 기억해야 한다는 건 아픈 일이다. 셋째, 내가 정말 병이 있을지도 모른다는 공포가 치료를 피하게 한다. 정신건강의학과에 가고 심리상담을 받는 사람들은 자신의 아픔에 직면했다는 뜻이다. 넷째, 다른 상담자를 믿지 못하는 마음이 있었다. 선뜻 누군가를 믿고 간다는 게 어려웠다. **상담을 받는다는 것 자체가 용기 있는 사람이 할 수 있는 일이다.**

내가 만난 상담자는 게슈탈트 이론을 공부한 사람이다. 이전에는 게슈탈트 상담이 무엇인지 몰랐다. 게슈탈트 상담은 지금 내가 경험하는 것 중심으로 상담이 이루어진다. 과거는 지금 여기에 다 와 있기 때문이다. 내가 어떤 영향을 받고 있는지 안다면 상처를 반복하지 않을 수 있다. 알고 간 건 아니었지만 과거 이야기부터 하지 않아도 된다는 점은 마음의 부담을 덜 수 있어서 좋았다.

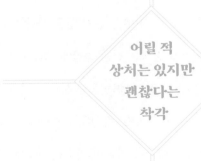

어릴 적
상처는 있지만
괜찮다는
착각

"어제 지혜에게 화를 냈는데 그게 너무 과했나? 고민하게 되고 지혜에게

미안해요."

"지혜를 미워하는 것 같아요. 나랑 닮은 부분이 불편하게 느껴졌어요."

　두 번째 상담하러 갔던 날 횡설수설하며 내가 말했다. 전날 지혜에게 화

를 내고 느껴진 불편함이 있었다. 상담자에게 사건에 대해 내 잘못을 고발

하듯 말했다. 그러다 툭 하고 내뱉은 말은 "사실 제가 화낼 만했어요. 지혜

가 제 영역을 침범했거든요."라고 말했다. 전날 다른 사람과 이야기를 나누

고 있을 때였다. 지혜가 방해될 정도로 노크해서 끝날 때까지 기다려줄 것

을 부드럽게 부탁했다. 여러 번 말했음에도 지혜의 행동은 계속됐다. 그러

다 지혜가 벌컥 내 방에 문을 열고 들어왔다. 그때 지혜에게 엄한 표정으로

말했다. 하지만 이후 그게 죄책감으로 이어졌다. 분명 해야 할 말을 했음에

도 느꼈던 죄책감이었다. 같은 패턴이 있었는지 묻는 상담자에게 이어 몇 달 전 일도 말했다.

"경계가 없으신데요."

상담자가 말했다. 나는 내 잘못과 타인의 잘못을 구분하지 못했다. 성추행을 당하고도 다 내 잘못이라 생각했던 사람이었다. 경계선 성격장애에 관한 책 『잡았다, 네가 술래야』에서 학대당한 아이들에 대해 언급한 내용이 나온다. "학대당한 아이들이 타인과의 상호작용에 대해 어느 정도 허용할지 혼란스러워한다."라는 내용이었다. 그 부분을 읽으며 직감적으로 나도 그렇겠단 생각을 했었다. 상담자가 경계가 없다고 말하니 이 글이 생각났다.

경계가 없다는 말을 들었지만 '경계'가 개념적으로 이해되지 않았다. 그래서 '경계가 없다는 것'이 무엇인지 알기 위해 노력했다. 책과 논문을 읽으며 '경계'가 없다는 건 '나(자아)'가 없다는 말과 같다는 걸 알게 됐다. 상담자는 상담 과정에서 "나(자아)가 없으신데요."라는 말도 자주 했다. 이 말이 같은 말이라는 걸 알게 되기까지 오래 걸렸다. 하지만 안다고 해결되는 문제는 아니었다. 자전거를 글로 배울 수 없듯 경계도 체험을 통해 배워가야 한다.

자아의 상실은 오랜 시간 부정적인 경험[2](오랜 시간 이루어진 학대나 방임 혹은 성폭력, 감금, 언어폭력, 가스라이팅을 당한 경험 등을 이야기함)에 노출될 때 생긴다. 어릴 땐 짧은 부정적 사건만으로도 트라우마가 될 수 있다.[3] 트라우마는 심리적이든 신체적이든, 혹은 직접적이든 간접적이든 위해를 당한 경험이다. 1회성 강력한 트라우마를 경험하면 주로 불안을 느낀다. 세상이 안전한 곳이라는 감각이 사라지기 때문이다. 이는 노출 기법이나 EMDR 같은 트라우마 치료로 회복할 수 있다. 하지만 **긴 시간 노출됐던 부정적인 경험은 나**(자아)**를 잃게 한다.** 오랜 시간 부정적인 경험을 하면 '나(자아)'가 있다는 감각을 형성하기 어렵다. **'나**(self)**'라는 감각 자체가 없다면 자아의 형성은 불가능하다.** 이는 '경계 없음'으로 이어진다. **경계는 '나'와 '나 아닌 것'의 구분이다. 자아가 없는 사람이 나와 나 아닌 것을 구분할 수 없다.**

우리나라는 자아가 상실된 사람들이 많다. 나라 전체가 오랜 세월 부정적 경험을 했기 때문이다. 바로 한 세기 전 오랜 시간 일제강점기를 지났고, 전쟁을 겪었다. 또 전쟁 이후엔 독재 정치 탓에 통제당해 왔다. 긴 세월을 생존만을 위해 살아가던 사람들이 대다수인 나라이다. 생존이 중요한 시기에는 나(자아)가 생기기 어렵다. 살아남는 게 중요했던 시대에는 자신의 좋고, 싫음을 따질 수 없기 때문이다. 이런 세월을 살아온 부모가 키워낸 사람들이 우리나라의 기성세대에 두텁게 자리하고 있다.[4]

부정적인 경험은 세대 간 전이 문제도 일어난다. 부모에게 받은 상처를 자녀에게 대물림하지 않겠다며 결심한다. 하지만 받은 적 없는 사랑을 실천하는 건 정말 어렵다. 사랑을 책으로 배울 순 없는 일이다. 열심히 키웠지만 어느 순간 자녀에게 부정적인 경험을 대물림하고 있을 때 놀라곤 한다. 정성껏 키운 자녀가 자해하는 건 자아의 상실 문제가 전이되어 일어난 일일 수 있다. 나에겐 어릴 적 부정적 경험이 없다고 생각할 수 있다. 하지만 세대 간 전이되어 온 부정적 경험으로 나(자아)를 잃어간 사람은 생각보다 많다.

우리 어머니가 어릴 적 자신을 건사하지 못했을 때 외할머니의 학대가 있었다고 했다. 딸의 변한 모습을 이해하지 못한 외할머니의 학대였다. 이후 우리 어머니는 자녀를 때리지 말아야겠다고 결심했다고 한다. 덕분에 어머니께 사랑을 받았다. 하지만 적절하게 해야 할 훈육은 없었다. 오락실에 가겠다는 자녀에게 한계 없이 돈을 주는 건 진정한 사랑이 아니다. 사랑을 주겠다고 결심했지만, 적절한 경계선을 형성하지 못한 양육이었다. 결국 방임이라는 또 다른 학대를 한 셈이었다.

나는 두 번째 상담을 받는 날 경계(자아)가 없다는 것을 알았다. 상담을 받기 전까지 이런 사실을 몰랐다. 고집도 세고, 자기애가 강한 사람이라 여겼다. 그래서 내 자아가 없다고 생각하지 못했다. 어린 시절 부정적 경험을 모두 나만의 잘못이라 여겼음을 깨달았다. 나만 탓하는 습관은 성인이 되어서도 반복되고 있었다. 상담을 처음 받으려고 생각한 건 어릴 적 일이 내 잘못이 아니라는 말을 듣고 싶어서였다. 문제가 없다고 생각했지만 가장 큰 문제는 내가 나를 탓하는 데 있었다. 어릴 적 상처는 얽힌 실타래가 되어 내 삶에 문제를 일으키고 있었음에도 모르고 있었을 뿐이었다.

　자아의 형성과 경계를 배우는 건 상담자와의 경험으로 체득될 수 있다. 자전거를 글로 배울 수 없는 것과 같은 이치다. 상담은 긴 시간 나(자아)를 찾고 경계를 배워가는 시간이었다.

　　　　　　　　　　　　　　　　　　　　동네언니의 상담일기

경계가
사라지는 6가지
이유

　게슈탈트 상담에서는 접촉 경계 혼란이라는 용어로 경계가 사라지는 이유를 설명한다. 부정적 경험이 없다 해도 조금씩 해당할 수 있다. 아래 소개하는 6가지가 강도만 다를 뿐 다 있을 수도 있고, 혹은 2~3개만 두드러지게 보이는 사람들도 있다. 모든 건 부정적 경험에서 삶에 적응하기 위한 창의적인 방식으로 시작된다. 하지만 시간이 지나며 점점 자신의 존재를 희미하게 만든다. 결국 자신의 자아는 사라지고 그 자리에 공허감과 외로움만 남게 된다.

1) 누군가의 말로 살아가는 - 내사

경계가 사라지게 만드는 첫 번째 이유는 내사 때문이다.

게슈탈트 심리치료에서 소개하는 개념인 '내사(introjection)**'는 의미 있는**

타인이나 권위적인 대상의 생각과 태도를 그대로 받아들이는 것을 말한다.

예를 들어 권위자가 "넌 멍청해."라고 말할 때 그 말을 꿀꺽 삼켜서 스스로 '멍청하다.' 생각하는 게 내사된 말이다. 여기엔 의심이 없다. '내사'가 있으면 '나'는 사라지고 권위자가 강조했던 말들이 삶을 간섭하게 된다. 씹지 않고 삼킨 음식은 탈이 나듯, 권위자의 말이 그대로 내사 되면 삶에 통증이 생긴다. 그로 인해 본연의 나로 살지 못하도록 만든다.

"너는 멍청해."

"넌 머리가 나쁘니 기술을 배워."

"너는 게으름뱅이야!"

나(자아)가 있는 사람이라면 권위자의 말을 꼭꼭 씹어서 거를 말을 구분할 수 있다. 하지만 긴 시간 부정적인 경험을 한 사람들은 의심하지 못한다. 폭력적인 말에 속상해서 울면 "장난으로 한 말에 예민하게 군다."라고 오히려 타박받은 경험 때문이다. 이런 과정이 반복되면 자신의 감정을 믿을 수 없게 된다. 이는 성인이 되어 오랜 시간 가스라이팅을 당한 사람에게도 나타난다. 처음에는 자신을 의심하는 수준이지만 타인의 목소리가 마음에 가득 차면 나는 사라지게 된다. 부모가 사랑하는 자녀에게 장난처럼 한 말도

동네언니의 상담일기

마찬가지다.

"너는 살만 빼면 예쁠 텐데."
"너는 공부만 잘하면 좋을 텐데."
"남자 혹은 여자다워야지."

이런 말들은 지금의 너로는 충분하지 않다는 메시지를 주게 된다. 어린 아이들은 진실을 가릴 능력이 되지 않기에 그 말이 진실인 줄 안다. 이런 내사는 '나'라는 존재가 잘못됐다는 수치심이 자라게 한다.

학대를 당하는 사람은 학대자로 인해 "○○ 해야만 한다."라는 당위적인 사고도 강하게 주입받게 된다. 특히 죄를 강조하는 종교 교육으로도 내사된다. 건강한 아이들은 청소년기에 자아가 강해진다. 청소년기에 반항하며 자신의 가치관과 종교관을 확립한다. 이는 자아가 커지며 일어나는 현상이다. 하지만 자녀의 생각을 존중하지 않고 통제하면 자아가 생길 수 없다.

나의 어린 시절은 새마을 운동이 한창이던 때였다. "너는 게으른 사람이야."라는 말의 내사가 있었다. 어느새 어른이 된 나는 부지런해야 한다며 자신을 들볶았다. 일하지 않은 날 게임을 하거나 TV를 많이 보면 괴로웠다. 과거 들었던 권위자의 말이 채찍이 되어 있었다. 피곤해서 쉬고 싶다는 마음의 소리를 끊임없이 무시했다. 아무리 피곤해도 누워서 책을 보다 자야 마음이 편했다. 3kg의 노트북 때문에 가방이 무거워도 책을 넣어 다녔다. 지하철에서 게임을 하며 다니는 건 게을러지는 것이었다. 또 TV를 보면서도 책을 들고 있었다. 내가 편히 쉰다는 건 내가 망하게 되는 무서운 일이었다. 온전히 쉬는 건 불가능했다.

'나는 게으른 사람이야.', '부지런해야 해.', '쉬면 미래는 거지꼴을 면치 못할 거야.', '욕심부리면 안 돼.', '욕심이 드러나면 버림받을 거야.', '착해야 해.', '순종해야지.', '화내면 안 돼.', '미워하면 안 돼.', '나는 위험한 사람이야.', '욕구나 감정은 억압해야 해.'

내사된 건 하나같이 아픈 말이었다. 내사는 나를 적으로 여기며 끊임없이 야단치고 평가하는 존재가 되어가게 했다.

내사가 있으면 도움이 되는 면도 있다. 권위자의 가르침을 꼭꼭 씹어서 내 것으로 만든 사람들은 자신에게 맞는 삶을 성취하기 위해 애쓴다. 하지만 문제가 되는 건 꼭꼭 씹지 않고 삼켜버린 메시지들이다. 존재가 쉬고 싶다고 느낄 때 그 목소리를 존중할 수 있어야 한다. 하지만 쉬고 싶다는 욕구에 망해버릴 거라고 협박하는 내사된 목소리가 있으면 쉴 수 없도록 만든다. 상담을 받기 전에 몰랐던 나를 해치는 목소리들이었다.

2) 우리 관계의 차이는 인정할 수 없어 - 융합

전 남자친구를 우연히 길에서 만난 적이 있다. 그는 가장 이상형에 가까운 사람이었다. 그와의 연애는 환승 이별로 끝나 아픈 기억으로 남았다. 하지만, 나도 있는 그대로 사랑받을 수 있다는 경험을 했던 연애였다. 그를 우연히 마주치자 아픈 기억보단 반가운 마음이 먼저 들었다. 내가 그의 어깨를 톡 치며 "잘 있었어?"라고 인사를 했다. 우리는 잠깐 차를 함께 마셨다. 그때 그는 말했다.

"너는 나를 만날 때 네가 없었어."

그 말을 들은 지 오랜 시간이 지났지만, 가끔 생각이 난다. 지금 생각하면 확실히 나는 '나(자아)'가 없었다. 연애할 때 나는 모든 일정을, 남자친구를 중심으로 맞췄다. 선약이 있어도 남자친구가 만나자고 하면 있던 약속을 변경하고 만날 정도였다.

누군가와 하나가 되려고 하거나 서로의 차이를 인정하지 않는 마음을 '융합(confluence)'이라고 한다.

자아가 없으면 마음에 텅 빈 느낌이 들어 헛헛함과 공허감이 깊게 느껴진다. 내가 없다는 고통이 상당해서 비어 있는 마음을 무언가로 채우고자 애쓴다. 이렇게 텅 빈 마음을 누군가에게 구속되며 하나가 되려 애쓰는 사이 나를 더 잃어가게 된다.

융합이 건강하지 않다는 건 심리학을 공부하며 알게 됐다. 심리학에서 말하는 모든 방어기제 혹은 적응기제들은 의식하지 못한 채 일어난다. 생존을 위해 만들어 간 습관들이기 때문이다. 융합은 대부분은 하나가 되어 있다고 느끼지 못하기에 알기 어렵다. 안다고 해도 거기서 느끼는 안정감이 커서 벗어나는 게 어렵다.

융합되면 '나(자아)' 없음이 일어나기도 하지만, '나(자아)' 없음으로 인해 융합이 일어나기도 한다. 자아가 없는 사람들은 누군가와 함께할 때 안정감을 느낀다. 하지만 융합 상태에 있으면 서로가 성장하는 데 걸림돌이 된다. 융합되어 스스로 성장할 수 없게 만들고 있음에도 자신이 융합 상태에 있다는 것을 아는 건 너무나도 어렵다. 융합의 상대는 처음엔 부모가 될 수 있다. 자라며 청소년기에는 친구, 이후 연인이나 배우자, 결혼 후에는 자녀에게 융합되는 경우가 많다.

서로의 차이를 느끼지 못해 상대에게 다 맞추거나, 맞추라고 강요하며 하나가 되려고 하는 것은 '나' 없음의 전형이다.

청소년기에 부모의 독재로부터 독립하지 못하면 부모와 융합되어 살게 된다. 청소년기의 발달 과업은 독립이다. 융합된 채 성인이 되면 존재 자체로 버티며 서 있기엔 뿌리 없는 나무처럼 약해진다. 그래서 연인에게 의존하게 되고, 이후 자녀에게 의존하는 형태로 융합은 대를 이어간다. 그렇게 융합 상태에선 자아를 찾는 게 어려워진다.

그러면 자신이 융합 관계에 있는지 어떻게 알 수 있을까?

힌트는 감정에 있다. **융합이 깨질 때 한쪽은 화를 내고, 다른 한쪽은 죄책감을 느낀다.** 건강한 관계는 서로의 상황을 이해하고 놓을 수 있다. 나는 어머니가 요구하는 걸 들어주지 못하는 상황에서 죄책감을 느꼈다. 또 두 아들이 어릴 때 내가 짜 놓은 일정에 따라 주지 않으면 화를 냈다. 지금 생각하면 내가 아이들과 놀아준 게 아니었다. 아이들이 커가며 나에게 맞춰 주려 애쓰며 지냈다. 아이들이 크자 계속 놀자고 요구하는 나에게 지친 작은아들이 말했다. "엄마는 엄마 남자친구(아빠)랑 놀아요." 내가 공부를 시작하며 바빠져서 아들과 함께하는 시간이 확연히 줄어든 건 자녀 양육에 있어선 신의 한 수였다.

융합은 가까운 친구하고도 흔히 일어난다. 친구가 힘들어할 때, 마치 내일인 양 같이 힘들어하는 것은 공감일 수 있다. 하지만 그 일로 인해 힘들게 만든 상대가 같이 미워진다면 융합으로 본다. 어릴 때부터 기댈 곳이 없었던 사람들의 경우 친구나 연인과의 융합이 일어나기 쉽다. 나의 감정과 친구의 감정이 분리되지 않고 삶을 살아가면 내가 누릴 수 있는 자유로움은 사라진다.

딸과 어머니와의 융합 또한 흔하다. 어머니의 힘들게 살아왔던 삶을 보며 아버지를 미워하는 것 또한 융합이다. 나는 어머니와의 융합이 가장 문제였다. 어머니가 느껴야 할 감정을 내가 느끼며 고통스러워할 때가 많았다. 이는 공감과는 달랐다. 어머니의 감정을 공감하지 못하고 거리를 두게 되면 죄책감을 느꼈다. 그래서 어머니와 사이가 좋았을까? 반전은 어머니에게 짜증 낼 때가 많았다는 점이다. 의식하지 못하는 마음의 갈등은 짜증으로 배어 나왔다. 특히 어머니와 융합된 관계라는 걸 이해하는 건 정말 어려웠다. 이를 받아들이고 인정하기까지 상당한 시간이 걸렸다.

사랑이라는 이름으로 누군가와 하나 되길 원한다면 서로의 성장을 가로막게 된다.

칼릴 지브란의 「함께 있되 거리를 두라」라는 시를 읽으며 관계에 있어서 거리가 얼마나 중요한지 느끼게 됐다. 나무는 너무 가까이 붙어 있을 때 본연의 크기만큼 자라지 못한다. 이는 사람도 마찬가지다. 혼자 있는 게 힘든 사람들은 누군가와 융합 관계를 이루기 위해 계속 찾을 수 있다. 어릴 적 부정적 경험으로 혼자 남겨지는 걸 끔찍하게 여기게 되면 생존을 위해 융합 관계를 반복해서 만들게 된다.

동네언니의 상담일기

"사람들이 나를 경멸하듯 보는 것 같아요."

사기를 당한 후 많이 피폐해진 시기였다. 교회에서 모임을 하던 중 내가 뱉은 평가적인 말에 지은이가 큰 상처를 받았다. 지은이는 마음이 상해 크게 화를 냈다. 당시 미안한 마음에 손 편지를 써서 사과하며 수습했다. 하지만 큰 잘못을 했다는 마음에 지은이에게 선뜻 다가서는 게 어렵게 느껴졌다. 이후부터였다. 교회 사람들의 눈빛이 차갑게 느껴졌다. 사람들이 모여 있으면 내 이야기를 하는 것 같았다. 그리고 나를 경멸하는 눈빛으로 쳐다보는 것 같았다.

그러던 중 평소 잘 지내던 희수를 엘리베이터에서 만났다. 그런데 희수가 나를 보는 눈빛이 싸늘했다. 틀림없이 지은이가 나에 대한 나쁜 소문을 퍼트렸을 거란 생각이 들었다. 이후 가슴이 두근거렸다. 그 무렵엔 나를 경멸의 눈빛으로 보는 사람들이 많았다.

"지현 씨는 어떤 사람들을 경멸하세요?"

위의 경험을 말하니 상담자가 물었다. 그 질문에 곰곰이 생각했다.

"게으른 사람, 부정적인 말을 하는 사람, 욕심 많은 사람…"

말하다 보니 나를 지칭하는 것 같았다.

내가 느끼는 감정을 상대의 것이라 여기는 걸 '투사(projection)'라고 한다.

대부분 투사는 절대 허용할 수 없는 감정인 경우가 많다. 예를 들어 미워하면 안 된다는 내사가 있다고 하자. 그런데 친구가 미워진다면 쉽게 미운 마음을 인정하기 어렵다. 그때 친구가 나를 미워한다고 생각하면 감정의 책임을 덜어낼 수 있다. 이런 과정은 무의식적으로 일어난다. 투사를 하게 되면 자신은 피해자의 갈등과 고통을 경험하게 된다. 고통의 유익은 내가 누군가를 미워한다는 죄책감에선 자유로울 수 있다.

또 다른 투사는 자신에게 느끼는 감정을 타인의 것이라 여기는 마음이다. 누군가가 나를 경멸하는 것으로 여겼던 시기를 생각하면 인생에서 가장 극심한 고통을 느낄 때였다. 내가 잘못했다고 자책을 할 때 사람들도 나를 경멸한다고 여겨졌다. 건강한 사람도 누구나 부정적인 투사를 경험할 수 있다. 문제는 타인이 나를 손가락질 한다고 느껴지는 건 인생에서 가장 힘든 시기에 일어난다. 이를 관계 사고라 한다.[5] 이때는 대인관계도 피하며 사회적 고립이 함께 일어난다. 투사가 심하면 당연한 이야기지만 대인관계가 어려워진다. 자존감도 계속 떨어지게 되어 있다. 누구든 투사가 심한 사람과 잘 지내기는 어렵다.

흥미로운 건 기분이 좋고, 하는 일이 잘될 때도 투사는 일어난다. 이때는 부정보단 긍정적인 투사가 일어난다. 투사는 건강한 사람들도 사용한다. 긍정적인 투사는 대인관계를 쉽게 만든다. 나는 기분이 좋거나 하는 일이 잘되면 사람들이 나에게 호의적이라고 느껴졌다. 의미 없는 웃음도 내게 관심이 있어서 웃는다고 여겨졌다. 이렇게 자신을 긍정적으로 여기는 사람들은 상대에게 쉽게 다가갈 수 있다.

자신이 투사를 사용하고 있다는 걸 알고 내 감정인지 타인의 감정인지 구분해 갈 수 있어야 한다. 건강한 투사의 특징은 상대가 아니라고 하면 금방 내 생각을 내려놓을 수 있다. 하지만 병적인 투사는 상대가 아니라고 해도 믿지 못한다. 투사가 있으면 내 생각과 남의 생각을 구분하지 못해 '나'를 알지 못하게 된다.

4) 내가 알아서 할게요 – 반전

'울어도 돌봐줄 보호자가 없는 아기들은 울기를 포기한다.'라는 초록우산 어린이 재단 광고를 보았다. 우연히 본 광고에 작은 돈이지만 기부를 결정했다. 글에 공감이 되었기 때문이다.

아기가 울 때 보호자가 반응해 주지 않으면 아기들이 환경에 적응하게 된다. 아기는 울기를 포기하고 보호자가 자신을 돌봐줄 때까지 기다리는 방식이다. 자신의 욕구가 아닌 보호자가 할 수 있을 때 돌봄받은 아기들은 자신의 욕구는 충족되지 못한 채 자라게 된다. 이렇게 자라면 누군가가 자신을 돌봐줄 거라는 믿음을 가지기 어렵다.

'반전(retroflection)'은 환경이 아닌 자기 자신과 관계하는 현상이다.

이는 시설에서 자란 아이뿐 아니라 양육자의 방임에 의해서도 일어난다.

자신의 울음에 반응해 주는 사람이 없었던 아기들은 어떻게 될까? 이럴 때 창의적인 적응은 자신의 욕구나 감정을 자신에게 돌리는 것이다. 예를 들어 서운함을 말해도 들어준 사람이 없었다면 혼자 속으로 대화하는 게 익숙해진다. 사람들과 함께 있을 때 대화가 아닌 공상을 할 때도 많다. 자기 자신과의 대화가 무척 익숙해진다. 그래서 반전을 사용하는 사람과 있으면 소통이 되지 않는다.

또 한편 반전이 있으면 돌봄을 받고 싶은 자신의 욕구가 주변 사람을 돌보는 방식으로 향하기도 한다. 그나마 조금 나은 경우는 다른 사람을 믿지 못해 자신을 스스로 돌보는 사람들이다.

나도 스스로를 돌보는 데 익숙한 사람이다. 하루 종일 일한 후 저녁에 집에 가면 거나하게 먹는 걸 좋아한다. 반면 남편은 대충 먹길 좋아해서 서러움이 폭발할 때가 있다. 여행지에 가서도 김밥천국이면 된다는 남편과 부부 싸움도 여러 번 했다. 집에 혼자 남겨지면 평소 먹지 못할 비싼 음식을 사서 먹은 적도 있다. 대충 먹고 나면 서러움이 차오르기 때문이다. 그나마 나를 버티게 한 좋은 부분이다. 하지만 한때 이것이 명품을 사는 과한 소비로 이어져서 힘들어졌던 경험도 있다. 이런 행동은 스스로를 아끼고 좋아하는 자기애로 보일 수 있다. **반전은 어릴 적 양육 경험에서 스스로 돌봐야 한다고 생각해서 일어난 일이라 결국 시간이 흐르며 헛헛함과 공허감이 남게 된다.**

반대로 부모나 타인이 해 주지 않았던 것을 자기에게 허용하지 않는 사람들도 있다. 자신의 욕구나 감정이 느껴졌을 때 허용하지 못하는 경우이다. 예를 들어 화가 났을 때 자신의 감정이 정당하다고 생각하지 못한다. 감정이 받아들여진 경험이 없기 때문이다. 그래서 화가 나도 대화로 푸는 경험을 쌓아가기 어렵다. 하지만 화는 방향과 에너지가 있다. 화의 에너지가 바른 방향으로 향하지 못하게 되면 자신에게 향한다. 결국 화가 난 자신이 문제라고 생각하게 된다. 자책이 심해지면 자신에게 필요한 것을 허용하지 않게 된다. 또 극심한 화가 압력이 쌓여 자신에게 향할 때 자해나 자살 시도를 하는 사람들도 있다.

반전은 보호자가 적절한 돌봄을 주지 않았을 때 시작된다. 기본적인 욕구마저 수용받지 못한 사람들은 자아가 형성되기 어렵다.

5) 생각이 너무 많아 주저하게 되요 - 자의식

"너 이렇게 행동하면 사람들이 뭐라고 하겠니?"

초등학교 4학년 때 동네 분식집 가판대에서 떡볶이를 먹고 있었다. 만두가 맛있었던 진아네 분식점은 내가 단골로 가던 곳이었다. 맛있게 먹고 집에 갔더니 큰어머니에게 연락이 왔다. 자기 집으로 오라는 연락이었다. 큰어머니 댁에 갔더니 길에서 떡볶이를 먹고 있는 나를 봤다고 했다. 이를 못마땅하게 여겨 야단치기 위해 부른 것이었다. 큰어머니는 큰아버지의 사회적 지위를 중요하게 여겼다. "큰아버지가 장로인데"라며 조카의 행실에 일일이 간섭했다. 큰어머니의 말이 이해된 것은 아니었다. 하지만 말의 스며듦은 무서운 것이었다.

최근 셀프로 운영되는 식당에 갔다. 식사 전 한 장씩 포장된 물티슈를 집어 들었다. 쥐고 보니 3장이었다. 식사를 마치니 한 장만 사용하게 되어 두 장은 가방에 챙겼다. 하지만 내내 마음의 불편함이 이어졌다. '내 몫으로 돈을 낸 건 한 장인데 세 장씩이나 가지고 오다니 이건 도둑질이야.'라며 나를 탓하는 목소리가 올라왔다. '주인에게 물티슈 가격을 더 내야 하나?' 며칠 동안이나 고민이 이어졌다. 나의 행실에 일일이 간섭했던 큰어머니의 영향으로 나를 지나치게 의식하고 관찰하는 게 습관이 되었다.

자기 자신에 대해 지나치게 의식하고 관찰하는 현상을 '자의식(egotism)'이라고 한다.

　자의식은 내 행동에 대해 다른 사람의 반응을 지나치게 의식하기 때문에 생긴다. 자의식을 사용하면 자기 행동 하나하나를 과할 정도로 세심하게 관찰한다. 나를 믿지 못하는 탓에 타인의 반응에 매우 민감해진다. 그로 인해 자연스럽게 느껴지는 자신의 감정이나 욕구, 생각, 행동을 표현하지 못하고 경직된다. 아무래도 자기 행동을 지나치게 의식한다면 자연스럽게 행동하는 게 어렵다.

　과거 큰어머니가 나를 감시하는 건 마주칠 때만이었다. 하지만 스스로 감시하는 건 24시간 가능하다. 24시간 자신을 일거수일투족 감시하는 존재가 있다고 생각한다면 어떨까? 나의 머릿속에 '고장 난 라디오'처럼 멈추지 않는 내면의 목소리들이 있었다. '어휴~ 그 말을 왜 해서.', '이상하게 보이면 어떻게 하지?', '나 미친 것 같아.', '그까짓 걸로 화를 내?', '지금 TV 볼 때야?', '내 말에 사람들이 실망하면 어떡하지?'

　하루 종일 걱정하고 행동을 판단하는 자의식이었다. 내 머리엔 이렇게 주파수가 맞지 않는 여러 목소리가 혼선되어 끊임없이 말이 흘러나왔다. 나에게 하는 말도 있었고, 타인을 평가하는 말도 있었다. 그 말들은 바깥으로 새어 나오지 않고 내게만 반복적으로 쏟아붓고 있었다.

이렇게 스스로 감시하는 목소리가 있을 땐 본연의 나를 찾는 게 어려워진다. '생각' 자체가 잘못은 아니다. 하지만 과한 생각은 내가 누구인지 길을 잃게 만든다. 또 삶의 생생함이나 실제는 놓치게 된다. 내 생각은 사실이 아닐 때가 많다. 생각 자체가 진실이 아니기 때문이다. 이로 인해 본연의 나는 잃어버린다. 자의식의 비극은 자신을 관찰할 수 있는 대상화된 존재로 만들어 버리는 것이다.

6) 감정이 뭔지 모르겠어요 – 편향

"지금 말을 하면서 마음이 어떠세요?"

"모르겠어요."

"감정이요? 없어요."

상담자는 내게 감정을 자주 물었다. 그런데 나는 엉뚱한 대답을 할 때가 많았다. 시간이 지나서도 감정을 묻는 상담자의 말에 생각을 답하는 게 다반사였다. 내가 무엇을 느끼는지 몰랐다. 감정을 물으면 "모르겠어요."라는 말이 빠르게 나왔다. 사람들의 말에 내가 울컥 눈물이 올라와도 "너 왜 울어?" 하고 물으면 왜 우는지 말할 수 없었다. 다만 내 눈물에 당황스러움만 있을 뿐이었다.

감정을 느끼지 못하는 사람의 적응기제를 게슈탈트 상담에선 '편향(de-flection)'이라 한다.

사람들은 극심한 고통을 겪을 때 감정을 마비시켜서 힘든 상황을 견디려한다. 그래서 극심한 트라우마를 경험한 사람들에게는 '감정불능증'이 많이나타난다.

오랜 시간 가까운 사람들에게 학대당할 때 느껴지는 고통은 매우 극심하다. 학대당할 때 수치심, 불안, 긴장감, 두려움, 죄책감 외에도 다양한 감정을 느끼게 된다. 하지만 아이가 홀로 극심한 고통을 견디기는 너무나도어렵다. 학대 속에서 감정은 쓸모없는 것이 된다. 그래서 아이들은 감정을'둔감화'시켜 고통스러운 현실을 버티려 한다. 어린아이로선 매우 창의적인전략이다. 감정을 차단한 사람들은 해결 중심의 사고를 하게 될 가능성이높다.

'감정을 느껴봐야 뭐해 닥친 문제를 해결해야지.'

내가 처음으로 감정을 둔감화한 기억은 초등학교 3학년 때 큰어머니께개 줄로 묶여 끌려가던 날이었다. 이 사건을 사람들에게 이야기하기 시작한 건 얼마 되지 않았다. 그만큼 상처가 깊어서 말을 꺼내기조차 어려웠다.그러나 그 세월을 견딜 수 있었던 건 감정을 차단했기 때문이었다. 상담을 받으며 알게 사실은 그날 이후의 나는 마음이 '죽은 사람'이 되었다는 것이다. 그날의 고통을 견디기 위해 감정을 차단했고, 동시에 자아의 상실도 함께 진행되었다.

고통이 너무 괴로워서 피하고 둔감화해도 트라우마는 몸에 남아 계속 영향을 미친다. 어릴 때는 고통에서 벗어날 수 있지만, 그 과정에서 자신과의 연결이 끊어진다. 이로 인해 자신은 대상화되고 만다. 자신과의 거리 두기로 편향이 된 사람들은 고통스러운 기억을 타인에게 브리핑하듯 이야기한다. 힘든 사건을 말하면서 웃거나 말하다가 엉뚱한 주제로 흘러가기도 한다. 또 간단한 사건을 장황하고 길게 말하는 사람들도 있다.

나는 편향이 심한 사람이다. 녹음된 상담 기록을 들으면 상담자의 한숨이 공감될 정도로 장황하게 말할 때가 많았다. 단순히 감정을 모르는 것을 넘어 '회피의 대마왕'이라 할 만큼 내 감정에 머무르지 못하고 계속 피했다. 편향이 있는 사람들과 대화할 때 대부분은 피상적인 느낌이 들고, 함께 있는 사람은 지루함을 느낀다. 감정을 느끼지 못하면 타인과의 진정한 만남도 이루어지지 않는다.

편향을 선택하면 고통은 피할 수 있지만, 그 대가는 크다. 자신을 잃어버리고 삶의 기쁨과 생생함도 함께 사라진다. 그리고 나(자아)와의 연결은 끊어져 늘 깊은 외로움을 느끼게 된다.

동네언니의 상담일기

언어에 담긴
상처의 흔적

1) 잘못을 감추기 위한 전략

"누가 그랬다고?"

"거기를 왜 갔데?"

"어휴 말이 안 통해, 왜 이렇게 내 말을 못 알아들어."

   평소 남편과 대화할 때 벽에 대고 말하는 것 같았다. 재미있는 일을 말해
주고 싶어도 내 말을 알아듣지 못하고 "누가 그랬다고?"라고 자꾸 물었다.
그럴 때마다 김이 새버려 핀잔을 주기 일쑤였다. 남편은 내 말을 알아듣지
못했다. 그런데 동성 친구들은 척척 알아들으니, 남편이 센스가 없어서 알
아듣지 못한다고 생각했다. 그렇게 긴 시간 남편과 대화에 벽을 쌓고 지냈
다. 어느 날 작은아들이 성인이 된 후 내게 말했다.

"엄마 지금 목적어를 쓰지 않고 있어요."

　가족들은 나의 언어습관에 대해 불만을 말했다. 하지만 알아듣지 못하는 남편과 작은아들이 문제라고 생각했다.

"주어를 안 쓰시네요."

　상담자가 이 말을 했을 때를 생각하면 지금도 식은땀이 흐른다. 상담에서 내가 잘못했던 일을 설명하며 누구의 말인지, 행동의 주체가 누군지 빼놓고 말했다. 그날 "그게 A가 한 말이죠?", "누구한테 갔다는 거예요?"라고 남편과 비슷한 질문을 하는 상담자였다. 처음엔 상담자가 남자라 센스가 없어서 내 말을 알아듣지 못한다고 생각했다. 그런데 주어를 안 쓴다고 말하니 충격으로 다가왔다.

　'남편이 벽이 아니라 내가 벽이었다니….'
　그동안 가족들이 했던 말이 다 스쳐 지나갔다. 상담자에게 평소 식구들이 자주 하는 말이라며 고쳐보겠다는 약속을 하고 나왔다. 하지만 지금도 가끔 주어나 목적어가 없이 말할 때가 있다.
　하이데거는 "언어는 존재의 집"이라고 했다. 한 사람이 사용하는 언어에는 그 사람의 과거가 담겨 있다. 말할 때 주어를 사용하지 않는 사람들이 있다. 주어를 사용하지 않는 첫 번째 이유는 '나(자아)'가 없음에서 시작된다. '자아'가 없는 사람이 주어를 선명하게 말하는 건 어려울 수 있다. 두 번째는 자신에 대한 부끄러움, 즉 수치심으로 인해 주어를 빼고 말하기도 한다. 자신의 존재가 수치스럽다고 느끼는 사람들은 자신의 존재를 숨기고 싶어진다. 세 번째는 평소엔 주어 사용을 잘하다가도 자신이 잘못한 일에만 주어 사용을 하지 않는 일도 있다.

학대 피해자였던 나는 잘못이 드러나는 게 무서웠다. 그러다 보니 잘못을 감추고 싶을 때 주어가 자주 빠졌다. 그날도 내가 잘못한 일을 말하던 중에 생긴 일이었다. 학대를 경험하면 잘못했다고 느끼는 순간의 두려움이 몸에 새겨진다. 이런 두려움으로 인해 자기 잘못을 책임지기보다는 비난을 피하는 방법을 모색하고 언어를 개발한다. 존재를 감추거나, 보호하기 위한 노력이다.

상담자는 내 말을 듣기 위해 에너지가 많이 쓰인다고 했다. 그래서였는지 평소 남편과 오해가 많았다. 일상적인 관계에선 주어를 빼고 말해도 안다고 생각하며 넘어가는 일이 다반사다. 다시 확인하지 않으면 중요한 부분에서 소통에 문제가 생긴다. '그때 한번 확인할걸.' 하는 후회가 반복된다. 지금 생각하면 남편이 내게 질문해 줬던 건 감사한 일이었다.

이런 언어 패턴은 대인 간 소통을 방해하게 된다. 오해도 잦아 사람들은 나를 이해하지 못한다고 느낄 수 있다. 결국, 상대가 내 말을 이해할 것이라는 믿음을 잃게 된다. 이러한 언어습관은 대인관계에서 문제가 발생하는 원인이 된다.

2) 남의 이야기를 많이 해요

"지현 씨는 왜 자꾸 아들 이야기만 해요?"

10년 전 신나게 말하고 있는데 선배가 내게 물었다. 순간 민망함이 느껴졌다. 하지만 아들 이야기를 하는 게 왜 문제인지 깨닫지 못했다.

어릴 때부터 대인관계에서 생겼던 문제들은 내가 남의 이야기를 했던 게 당사자의 귀에 들어갔을 때였다. 나는 다른 사람 이야기를 자주 하는 사람이었다. '의사 친구 은선이'라는 수식어를 붙였고 친구 집이 얼마나 부자인지 말하기도 했다. 친구의 험담을 한 건 아니지만 은선이의 안부를 친구들에게 자주 언급했다. 때론 친구가 시험에 합격한 사실을 내가 먼저 말하기도 했다. 내가 자랑하고 싶은 건 다른 사람들도 비슷할 거라고 생각했다. 다른 사람들이 알아서 문제가 될 거라는 인식이 없었다. 그런데 주기적으로 불쾌함을 표현하며 선을 긋는 사람들이 있었다. 좋은 소식을 전했는데 화를 내는 사람들을 이해하지 못한 채 살아왔다.

이런 갈등을 겪으며 "나는 비밀 못 지켜. 나한테 비밀 이야기는 하지 마!"

라고 말했다. 이후로 친구들의 이야기는 자제했지만, 대신 사람들과 있을 때 아들들과의 에피소드를 자주 말했었다. 이 사실을 알게 된 아들들은 내게 불쾌함을 표현했다. 이후 아들들도 나와의 접촉을 피하게 되었다. 하지만 친구들과의 대화에서 아들들에 대한 에피소드는 빠지지 않았다. 나는 진정한 대화가 무엇인지 모르는 사람이었다.

이게 왜 문제가 되는지 깨달은 건 친구와의 대화를 통해서였다. 오랜 시간 상담을 받으며 나에 대해 알아차림이 생겼을 즈음이었다. 오랜 친구와 한참 대화하던 중, 우리는 자신의 일상이나 감정이 아닌 다른 사람들의 이야기를 주로 하고 있음을 깨달았다. 흥미로운 점은 남의 이야기를 많이 했지만, 서로의 힘든 이야기는 전혀 나누지 않았다는 것이다. 친구에게 속상한 일이 있을 때 뒷담화라도 했다면 속이라도 시원했을 것이다. 그러나 마치 큰 고구마를 물 없이 먹은 것처럼, 나의 속상함은 가슴속에 묻어두고 남의 이야기만 했다. 이는 내가 무엇을 느끼는지 알지 못한 채 공백을 메우기 위해 친구와 만나거나 통화를 하면서 생긴 일이었다.

이후에, 내가 없는 자리에서 어떤 말이 나오든, 그것이 칭찬이라 해도 기분 나쁠 수 있다는 걸 깨달았다. 지금 생각해 보면, 이는 '나(자아)'가 없어서였다. 나를 이야기하기보다 내가 알고 있는 사람들에 대해 이야기했다. 이 사실을 깨달으니 아찔함이 느껴졌다. 그렇게 다른 사람의 이야기를 늘어놓는 동안, 내 앞에 친구와의 진정한 만남은 멀어져가고 있었다.

3) 내 잘못을 피할 수 있는 "모르겠어요"

"워크숍 참석차 부산에 갔을 때 며칠이 지나도록 남편에게 왜 전화를 안
했는지 모르겠어요."

워크숍 참석 전날 남편에게 들은 말에 속이 상했다. 마음 깊이 상처를 받
아 남편과 통화하고 싶지 않은 마음이 있었다. 분명 이유를 알고 있음에도
상담자에게 말할 땐 "내가 왜 그러는지 모르겠어요."라고 반복해서 말하고
있었다.

"지현 씨는 조금만 생각하면 아는 것도 모르겠다고 말하네요."

상담자의 말이 내게 잘못했다고 말하는 것 같아 도망가고 싶은 마음이
들었다. 상담자가 다시 물었다.

"어떤 때 모르겠다고 말씀하세요?"

"모르겠다."라고 말하는 언어 패턴을 들켜버린 게 이내 부끄러웠다. 그래
서 대답하는 것에 상당한 시간이 걸렸다. 모르는 것을 "모르겠다."라고 말
하는 건 문제가 안 된다. 하지만 아는 것도 "모르겠다."라고 말하는 건 나로

서도 큰 문제였다. 이후 엉뚱한 이야기를 하는 나에게 상담자는 여러 각도로 질문을 바꿔 다시 물었다.

"모르겠다고 말하면 어떤 걸 피할 수 있어요?"

상담자의 질문에 피하고 싶은 마음이 굴뚝같았다. 끝까지 버티며 떠올렸던 것은 "모르겠다."라는 말이 내게 면죄부로 사용되고 있었다는 사실이다. 나는 언제든 사고를 칠 것 같다는 두려움이 있다. 잘못하게 되면 가혹한 처벌을 받았던 탓에, 누군가 내게 질문을 하면 지레 겁부터 먹었다. 그때 "모르겠어."라고 답하거나, 혹은 잘못해도 "모르고 그랬어.", "몰라서 그러는데 알려줘."라고 말하면 대부분 용서받았던 경험이 있었다. 실수하고 언제 사고 칠지 모르는 상황에서 "모르겠다."라고 대답함으로써 처벌을 피하는 전략을 사용하고 있었다.

학대를 경험한 사람 중 "모르겠다."라는 표현과 말끝을 흐리며 말하는 사람들이 있다. "모르겠어요."라고 답할 때 분명 모를 때도 있다. 하지만 **조금만 생각하면 아는 것들도 쉽게 "모르겠다."라고 말하는 건 내 잘못을 피하기 위한 언어 패턴**이었다는 것을 알게 되며 다시 한번 충격을 받았다.

누구나 자신의 언어 패턴을 의식하진 않는다. 어릴 땐 잘못해도 "모르겠어요." 혹은 "몰라서 그랬어요."라고 말하면 상대에게 이해받을 확률이 높아진다. 하지만 성인이 조금만 생각하면 아는 것도 "모르고 그랬다."라고 말하는 것은 자기 잘못을 회피하는 행동이다. 이는 상대를 향한 소극적인 공격이 되어 문제를 만든다. 성인이 된 나는 질문에 무턱대고 "몰라서 그랬어."라고 대답하기보다 곰곰이 생각하고 이 일이 무엇 때문에 일어났는지 설명할 수 있어야 한다. 어떤 상황에서도 깊은 생각 없이 "모르겠다."라고 답하는 건 자신의 성장에 도움이 되지 않는다. 문제는 학대에 대한 두려움을 피하기 위한 전략이라 쉽게 없어지지 않는다는 점이다. 이 부분은 상담에서 꽤 오래 나를 따라다녔던 문제였다.

4) TMI(Too Much Information)

"엄마의 말이 들리지 않아요. 물을 세게 틀고 그릇을 대면 제대로 담기지 않듯 엄마의 말이 그렇게 느껴져요."

작은아들이 내게 말이 많다며 했던 말이었다. 그 말을 들었을 때 서운함이 느껴졌다.

나는 'TMI(Too Much Information)'였다. TMI란 타인의 말을 듣지 못하고 자신이 하고 싶은 말을 끝까지 하는 사람을 뜻한다. 어린 시절 부정적인 경험을 한 사람 중에 너무 과하게 자신을 드러내며 말하는 사람들이 있다. 이 사람들은 또 한편, 너무 과하게 말하면 버림받을지 모른다는 두려움도 함께 갖고 있다. 내가 그런 유형이었다. 다른 사람이라면 절대 말하지 않을 비밀을 만난 첫날부터 말할 때도 많았다. "나 이혼했어요." 같은 말을 아무렇지 않게 하는 걸 보고 오히려 옆에 있던 사람들이 당황하곤 했다. 이렇게 내 비밀을 다 말했을 때 받아주는 사람들을 만나는 게 더 중요했기 때문에 일어난 일이었다. 나를 알면 사람들이 받아주지 않을 거라는 생각에 아예 다 보여주고 받아주는 사람을 만나왔다. 그게 얼마나 위험한 일인지 인식하지 못했다.

또한, 어떤 질문에도 내가 하고 싶은 말을 했다. 친구와 대화하다가도 하고 싶은 말이 생각나면 친구의 말을 자르며 끼어들어 말하는 사람이었다. 어린 시절 부정적인 경험은 '나-너'의 동등한 소통의 경험을 막는다. 부정적 경험이 있다고 모든 사람이 다 TMI가 되는 건 아니다. 오히려 자신이 드러날까 두려워하며 거의 말을 하지 않는 사람들도 있다. 말을 쏟아내듯 하거나 많은 말을 하는 것도 '나(자아)' 없음의 전형이다. 많은 말을 하면 자신이 정말 하고 싶은 메시지는 전달되지 않는다.

말을 쏟아내는 게 문제라는 건 네드라 글로버 타와브의 책 『나는 내가 먼저입니다』를 읽고 알았다. 그 책의 표현을 빌리자면 **"준비가 되지 않은 사람들에게 말을 쏟아내듯 하는 건 상대의 경계를 침범하는 일"**이라고 한다. 이를 알게 되며 충격을 받았다. 이를 노출 경계라고 하는데, 자기 노출 경계란 자신에 대해 얼마나 노출할지 그 범위를 결정하는 것을 말한다. 책을 통해 자기 노출을 과하게 하는 것도 문제라는 걸 알게 됐다. 또 사생활을 과하게 드러내거나, 정서적으로 다른 사람들에게 지나치게 의존하는 것, 거절하지 못하는 것, 사람들의 비위를 맞추기에 급급하고, 거부당하는 것을 끔찍하게 여기고, 함부로 대해도 참는 것이 자아가 없는 사람들의 특징임을 알게 됐다.[6]

　여기까지의 언어습관은 비교적 상담 초반에 알게 된 것이다. 상담 3년차를 넘어가며 알게 된 언어습관은 정말 충격적이었다.

트라우마는
몸의 세포를
바꾼다

네이딘 버크 해리스의 책 『불행은 어떻게 질병으로 이어지는가』를 읽으며 오랜 시간 폭력적인 환경에 노출된 사람들의 몸에 대해 이해할 수 있었다. 예를 들어, 당신이 위험한 동물이나 생물체가 언제 나올지 모르는 밀림을 잠깐 지나간다고 상상해 보자. 우리의 몸은 잔뜩 긴장하며 모든 에너지를 동원해 위험을 감지하는 데 사용될 것이다. 정신이 상당히 또렷해지고 소리에 상당히 민감해진다. 이는 생존을 높이기 위해 몸에서 코르티솔 (cortisol)을 분비하기 때문이다. 코르티솔은 위험한 환경에서 생존 확률을 높이는 데 필요한 에너지를 최대한 끌어올리는 역할을 한다. 언제든 몸이 싸울 수 있도록 준비시키는 스트레스 호르몬이기 때문이다.

위의 밀림에서 오랜 시간 생활한다면 어떻게 될까? 코르티솔은 만성적으로 분비되고, 생존을 위해 몸은 적응하기 시작한다. 각자의 생존전략은 다를 수 있다. 타잔 같은 인물이 나올 수도 있지만, 집을 더 단단하게 지어 자신의 환경을 통제하려 할 수도 있다. 이렇게 위험에 늘 노출되어 있다고 느끼면 코르티솔의 혈중 농도도 높아진다. 늘 바깥 환경에 민감한 사람이 될 수밖에 없다. 민감하게 촉각을 세우며 지내니 당이 떨어지고 식욕이 증가한다. 또 몸은 자신을 안전하게 지키기 위해 지방을 쌓아둔다. 즉 살을 찌워 자신의 안전함을 확보하려는 것이다. 어린 시절 오랜 시간 부정적 경험이 있는 사람 중에는 살이 쪘을 때 안전함을 느끼는 사람들이 있다. 위험한 상황에 만성적으로 노출된 몸에서는 임신을 미루기 위한 작업(불임)을 한다. 고혈압이 생기고, 또 잠을 자려고 해도 눈이 말똥말똥한 상태가 이어질 것이다. 늘 긴장 상태라 만성피로, 두통을 호소한다. 스트레스가 만성화된 몸은 면역기능이 약해져 바이러스성 질환에도 취약해진다.

성인이어도 오랜 시간 위험한 환경에 노출되는 것은 큰 스트레스다. 더욱이 혼자 생존할 수 없는 어린 아기의 생활환경이 밀림이라면 어떻게 될까? 아기의 생활환경이 밀림이라 해도 부모가 안전기지가 되어준다면 건강하게 자랄 수 있다. 하지만 부모가 자녀의 생존에 꼭 필요한 것들을 겨우 해주는 수준이라면, 혹은 위험에 노출되어도 위험하다고 알려주거나 보호해 주지 않는다면 어떻게 될까? 아이는 그때부터 생존에 집중해야 하는 뇌로 발달한다. 자신의 힘으로 모든 위험을 파악하려 애쓸 것이다. 그리고 홀로 살아가야 하기에 생존전문가가 된다. 그런 세상에서는 중립은 없다. 오직 '안전' 아니면 '위험'으로만 지각하게 된다.

가령 가장 안전하게 지켜줘야 할 보호자들이 자신을 학대하는 사람이라면 어떻게 될까? 몸은 긴장을 넘어 무기력해지고, 눈치가 발달한다. 혹은 양쪽 부모 중 한 명이 무기력하다면 아이는 부모의 보호자가 되기 위해 애쓰기도 한다. 자기 몸을 지키려 애쓰면서 동시에 타인을 지키는 전문가가 된다. 오직 생존과 누군가를 돌보는 것에 모든 자원을 사용하기에 학업에 집중하지 못하는 경우도 많다. 이런 아동의 경우 친구들을 통제하려 하거나 정서 문제를 일으킨다. 학습 부진, ADHD, 불안장애, 양극성 장애, 우울증, 신체화 장애 같은 진단을 받을 수도 있다. 밀림에 사는 아이가 얌전히 앉아서 공부하기란 쉽지 않다. 안타까운 건 도움이 필요한 아동을 문제가 있는 아동으로 보는 경우다. 이 아이들은 학대가 반복되며 자라게 된다.

어린 시절 부정적 경험을 치유해야 하는 첫 번째 이유는 니콜 르페라의 책 『내 안의 어린아이가 울고 있다』에서 말한다. 오랜 시간 경험하는 부정적 경험은 코르티솔과 도파민(도파민이 분비되면 성취감과 보상감, 쾌락의 감정을 느끼며, 인체를 흥분시켜 살아갈 의욕과 흥미를 느끼게 한다.)[7] 같은 신경전달물질을 분비해 몸의 세포 화학작용을 근본적으로 바꿔놓는다. 문제는 이렇게 바뀐 몸의 화학작용으로 인해 학대받는 것이 오히려 익숙하고 안전하게 느낄 수 있다. 성인이 되어서도 나쁜 사람에게 매력을 느끼게 되며, 이로 인해 폭력적인 상황에 반복해서 노출된다. 익숙하고 예상할 수 있는 폭력에서 안전함을 느끼기 때문이다. 그래서 친절한 사람들을 만나면 의심하거나 오히려 불안해한다. 이렇듯 폭력의 굴레에서 벗어나는 게 어려워 폭력은 대를 잇게 된다.

두 번째는 오랜 시간 폭력을 경험한 사람들은 몸이 긴장을 유지하게 된다. 어린 시절 늘 위험한 환경에 노출되면 부정적인 단서에 더 초점을 맞추게 된다. 이는 자동화된 부분이어서 자신이 얼마나 긴장한 상태로 지내는지 알지 못한다. 몸이 늘 긴장해 있다면 어떻게 될까? 꿈을 많이 꾸거나 깊은 잠을 잘 수 없다. 위험한 삶에 노출된 사람들은 미어캣처럼 늘 높은 긴장도를 유지하며 무엇이 진짜 편안함인지 모른다. 이런 사람들은 상담 중에 자기 몸을 알아차려 보라는 요청을 받으면 자기 몸이 이렇게 긴장하고 있다는 사실을 몰랐다고 이야기한다.

세 번째 문제는 내장 기관의 이상이다. 나는 대학원에 다니며 몸이 여러 번 아팠다. 2012년 대학원 입학 직후 병원에 입원 치료를 받았다. 이후 더 심하게 아팠을 때 한의원에 방문하니 위가 움직이지 않고 있다는 말을 들었다. 새로운 환경에 들어가니 온몸이 긴장해서 소화에 쓸 에너지가 없었기 때문이었다. 부정적 경험자들의 경우 온통 에너지가 생존에만 신경 쓰느라 빠르게 대사를 일으켜 설사하게 만들거나 혹은 변비가 생기기도 한다.[8]

고려대학교 고영건 교수님이 진행하는 '멘탈휘트니스 프로그램'이 있다. 수업에선 코헨의 행복과 감기의 관계를 규명한 실험을 소개한다. 코헨과 동료들은 334명의 성인 연구참여자를 모집했다. 연구자들은 격리 전 연구

참여자들에게 6주에 걸친 전화 인터뷰와 자기 보고식 검사를 모두 7번 실시했다. 이를 통해 각 사람이 느끼는 행복도에 따라 상, 중, 하로 구분했다고 한다. 연구참여자들을 격리 상태로 고농도의 코감기 바이러스를 투입했다. 이후 5일간 참여자들의 행복도에 따라 어떤 변화를 일으키는지 관찰한 연구다. 실험 결과 행복한 사람일수록 감기에 걸리는 빈도가 낮았다고 했다. 1년 동안 감기에 3~4번 정도 걸린다고 문제가 되는 건 아니다. 하지만 1년 동안 감기에 걸리지 않는 사람들과 비교해 볼 때 덜 행복한 건 사실이라고 한다.[9]

처음 이 말을 들었을 땐 믿지 않았다. 당시 나는 매달 감기에 걸렸을 때였다. 한 달에 3~4일씩 감기를 심하게 앓았음에도 행복하다고 생각했다. 네 번의 도전 끝에 그토록 원하던 대학원에 합격했고, 학교생활은 만족스러워 편안하다고 믿고 있었다. 계속 아팠지만, 면역력이 약해서라고 생각했다. 시간이 지나면서 몸에 이상이 자꾸 생겼다. 어느 날은 병원에서 신장이 안 좋다는 진단을 받았고, 또 다른 날은 갑상샘 수치가 항진 수준으로 높다는 말을 들었다. 2013년 RA factor(류마티스 인자)가 15~20이 정상인데 339까지 나왔을 때 너무 놀랐다. 손의 뼈마디가 아팠고, 수치를 보고 덜컥 겁이 났다. 그런데 책을 읽으며 이 모든 게 트라우마의 흔적임을 알게 됐다.

트라우마를 경험한 사람들은 소리에도 무척 민감해진다. 심한 경우 집 안에 흐르는 전기소리도 들릴 때가 있다. 그리고 예민한 날 집에 가면 남편의 목소리가 더 크게 울려서 들린다. 밤에 혼자 있어 무섭게 느껴지는 날 소리가 더 잘 들린다는 걸 떠올려 보면 된다. 트라우마를 경험한다는 것은 매일 소리에 극도로 민감해진 상태로 살아가는 것을 의미한다. 수면의 질이 떨어져 수면장애가 오고, 이후 우울증이나 공황장애, 불안장애, 뇌졸중, 심장병, 당뇨병 등으로 진단받기도 한다. 이렇게 외부적으로 큰 스트레스 받을 일이 없다 해도 몸은 긴장 상태로 지내기에 많은 에너지가 소비된다. 몸의 이완은 부정적 경험을 한 사람들에게 무척 중요한 숙제다. 건강을 위해서도 트라우마를 꼭 치유해야 한다.

동네언니의 상담일기

당신이
좀 알아서 하면
안 돼?

"마귀가 씌었어, 어휴 내 팔자야…"

일요일 오후가 되면 남편의 한탄 소리가 종종 들렸다. 일요일에 교회를 다녀오고 나면 부부싸움을 자주 했다. 남편도 짜증 섞인 말을 할 때가 있었지만, 문제는 주로 나에게 있었다. 일요일 교회를 다녀오면 나는 유독 예민해지고 짜증이 났다. 예배를 드리면 편안해져야 하는데, 오히려 부부싸움을 하게 되니 괴로움이 느껴졌다. 싸움의 원인은 늘 명확하지 않았다. 싸우고 잠을 자고 일어나면 집안에 평화가 찾아오는 생활이 반복됐다. 사람들과 어울릴 때는 순한 사람이었지만, 집에선 헐크가 되니 가족들은 괴로워했다.

그 외에도 남편과의 싸움은 잦았다. 2008년 내 생일날이었다. 그전까지 경제적으로 어려웠던 터라 생일 선물을 바란 적이 없었다. 하지만 그해 생일은 선물을 꼭 받고 싶었다. "여보 올해 생일은 케이크는 필요 없고, 선물을 사줘."라고 말했다. 하지만 내 생일날 남편은 케이크를 사 왔다. 콕 찍어 필요 없다고 말한 케이크였다. 얼마나 짜증이 났던지 버럭 큰소리를 냈다. "내가 분명히 케이크는 필요 없다고 했잖아! 평소 속옷 없다고 말했고, 하다못해 양말이라도 한 짝이라도 사다 줘야 하는 거 아니야."라고 말했다. 깜짝 놀란 남편은 바로 나가서 런닝 한 장과 양말 두 켤레를 사 왔다. 남편에게 나는 성깔 있는 아내였다. 그 외에도 다양한 에피소드를 듣던 상담자는 "센스 없는 남편과 모호하게 말하는 아내가 만나서 일어난 싸움"이라 말했다.

"당신이 좀 알아서 해주면 안 돼?"

몸이 피곤한 날이면 날이 서서 남편에게 짜증을 냈다. 센스가 없는 남편은 내 말에 당황하며 뭘 도와줄지 물었다. 그때마다 내가 필요한 도움을 청하지 못했다. 싫어하는 것은 명확했지만, 원하는 것은 떠올릴 수 없었다. 내 감정과 욕구가 차단되며 생긴 일이었다. 더욱이 바깥에서 사람들을 만나며 느낀 피로감이나 화를 가장 만만한 남편에게 쏟아냈다.

"아버지… 학용품 좀 사게 돈 좀…."

초등학교 5학년 때였다. 우물쭈물하며 어렵게 아버지께 돈 달라는 말을 하다가 울어버렸다. 1년이면 한두 달 정도 집에 계시던 아버지였다. 그래서 느끼는 어려움도 있었지만, 그보단 도벽을 시험하기 위해 놓아둔 돈을 훔쳤다가 걸린 이후 돈 달라고 말을 하는 게 어려웠다.

나는 어릴 때부터 욕심이 많다는 말을 들어왔다. 내가 자란 시절엔 다들 경제적으로 어려운 시기였다. 어릴 때부터 사달라는 게 많았던 나는 그때마다 "욕심은 죄를 낳고"라는 성경 구절을 인용하며 야단맞았다. "네가 갖고 싶은 것을 다 가지면 어떻게 사니?" 우리 집 경제를 생각하면 정당한 교육이었다. 하지만 도벽 문제로 야단맞은 이후 정당한 욕구마저 죄로 연결되었다. 이후 아버지에겐 정당한 요구를 하는 것도 어렵게 느껴졌다. 정당한 욕구는 받아들이되 욕심을 구분해야 한다. 하지만 어른들은 나의 모든 요구를 욕심으로 받아들인 탓에 생긴 문제였다. 이후 욕구와 욕심을 구분하지 못했고, 생활 속에서 내가 무엇을 원하는지 떠올리는 일은 쉽지 않았다.

내 욕구를 알지 못해 모호하게 말했고, 남편에겐 알아듣지 못한다고 짜증을 내고 있었다.

남편뿐만 아니라 가까운 사이에서도 원하는 것을 표현하지 못해 생기는 문제들이 있었다. 감정과 욕구가 차단되니 극심하게 힘든 일이 생겼을 때 "나는 괜찮다."라고 말했다. 의식하진 못했지만 이렇게 말해도 상대가 나의 힘듦을 알아서 챙겨주길 바라는 마음이 있었던 것 같다. 표현한 적 없는 욕구를 들어줄 수 있는 사람은 없다. 분명히 괜찮다고 말해놓고 상대에게 엉뚱하게 짜증 낼 때가 있었다. 이후에 생각해 보면 위로해 주지 않음에 대한 서운함이었다. 괜찮다고 말해놓고 위로해 주지 않는다고 반응하면 상대는 황당할 수밖에 없다. 이런 이유로 관계에서 문제가 지속해서 발생했다.

더 큰 문제는 학대의 대물림이었다. 욕구를 몰라서 짜증을 내는 패턴으로 인한 가장 큰 피해자는 두 아들이었다. 아이들이 "내가 초등학교 때 엄마가 너무 무서웠어요."라고 말해서 상당히 의아한 적이 있었다. 나는 평소 방임형에 친구 같은 엄마라 여겼기 때문이다. 그러나 상담을 받고 1년이 지났을 때 비로소 그 말의 의미를 깨닫게 됐다. 모호하게 말하는 언어 패턴에 대해 가족들에게 이야기했을 때였다. 그 말을 들은 작은아들이 말했다.

"제가 그래서 늘 엄마 눈치를 봤어요."

모호하게 말하는 언어 패턴으로 아이들이 힘들어했음을 뒤늦게 알게 됐다. 미안한 마음이 들었다. 대부분은 남편과 두 아들이 잘못한 것은 없었다. 내 몸에 대한 알아차림이 없어서 과하게 일을 하고 집에 가니 힘들어서 짜증을 낸 것이었다. 지금 생각하면 쉼에 대한 욕구 때문이었다. 가끔은 배가 고파서 나는 짜증도 있었다. 평소 힘들 때 쉬고 싶고, 배가 고프다는 것

동네언니의 상담일기

도 인식하지 못해 일어난 일이었다. 이렇게 내가 짜증을 내면 가족은 눈치를 보거나, 혹은 거기에 대응해 큰 소리가 끊이지 않았음에도 부부관계에 문제가 있다는 것조차 인정하지 못했다. 이렇게 상담받아야 할 이유는 충분했다.

몸이
기억하는 질책의
두려움

"전깃불 또 안 껐네."

남편은 전등이 켜져 있는 걸 싫어해서 집에 들어오면 가장 먼저 사람 없는 공간에 켜진 전깃불을 확인했다. 반면 나는 어두운 것을 싫어해 지나간 곳마다 불을 켜놓았다. 남편은 불이 켜진 곳을 보면 목소리에 힘이 들어가고 잔소리를 시작했다. 내가 다시 갈 거라 말해도 남편의 목소리는 여전히 날카로웠다. "사람 없을 땐 불 끄라고 했지." 그럴 때면 나도 발작하듯 화를 냈다. "답답한 사람이 끄면 되지 왜 잔소리야!" 남편의 목소리가 질책처럼 느껴지면, 그 말이 옳아도 화가 났다. 늘 무한 루프에 빠진 사람들처럼 반복되는 우리 부부의 일상이었다.

질책에 발작으로 대응하는 건 다른 사람에게도 마찬가지였다. 결혼해서 시어머니와 1년을 함께 살았다. 어린 나이에 시집온 며느리를 친절하게 대해 주셨다. 그런 시어머니임에도 질책한다고 여겨지면 적반하장격으로 대꾸했다. 어느 날, 분가 후 우리 집에 오신 시어머니가 싱크대에 설거짓거리가 쌓여 있는 걸 보셨다. 시어머니는 아기를 키우며 이렇게 설거지를 쌓아두면 안 된다며 큰 소리로 말씀하셨다. 경상도 분이라 어머니의 말씀이 원래 그런 걸 알지만 질책으로 여겨져 나도 지지 않았다. "어머님, 제 살림이에요. 건드리지 마세요."라고 냉정하게 말했다. 시어머님은 그 서운함을 몇 년간 말씀하셨다.

상담 시간에도 상담자가 나를 질책한다고 느낄 때가 있었다. 상담 내용은 집필을 위해 상담자의 허락 후 모든 내용을 녹음했다. 야단맞았다고 느껴지는 날엔 그날 녹음을 반복해서 들었다. 특히 "경계가 없으시네요.", "나(자아)가 없는데요."라는 말을 아주 부드럽게 하는데도 나를 야단치는 말로 들렸다. 녹음을 다시 들을 땐 분명히 질책이 아니라고 생각했지만, 막상 뒤돌아서면 질책으로 느껴져서 마음이 불편했다. 상담자는 어려운 사람이라 질책으로 느껴져도 발작하며 화를 내진 못했다. 하지만 질책으로 느껴진 상담자의 말엔 멍해지며 정신이 차려지지 않았다. 녹음파일을 확인하지 않았다면 질책하는 상담자를 탓하며 상담을 그만뒀을 것이다. 내가 중의적인 표현에도 질책으로 받아들이고 있다는 건 녹음이 아니었다면 몰랐을 것이다.

부정적 경험을 한 사람들은 상대의 중의적인 표현에도 야단치는 말로 들릴 때가 많다.

가볍게 한 말을 질책으로 받아들이며 화를 내면 말한 사람은 황당할 수밖에 없다. 부정적 경험자들이 대인관계에 반복적으로 문제가 일어나는 이유다. 부정적인 경험을 가진 두 사람이 만나면 더 깊은 상처로 이어진다. 상대의 말에 계속 놀라고 질책으로 받아들이면 상대에게 이해받는 경험을 하기 어렵다. "네가 예민해서.", "그것 가지고 화내냐?"라는 말을 들을 수 있다. 이는 수치심으로 이어져 상처가 반복된다.

오랜 시간 학대를 경험한 사람들은 위험에 대처하기 위해 투쟁하거나 도피, 혹은 경직 상태를 반복한다. 셋 중 하나를 선택함으로써 자신을 즉시 보호하기에 머리로 안다고 해결되지 않는다. 경직반응은 주로 권위자의 질책에 멍해지는 것으로 나타난다. 경직 또한 나의 생존전략이었다. 두려움에서 살아남기 위한 전략이지만 오랜 시간 의식하지 못했다. 상대의 질책에 화를 내거나 도망간다는 건 쉽게 알아차리기 힘들다. 내게도 이 세 가지 패턴이 다 존재했지만 이를 알게 되기까지 상담에서 9개월의 시간이 걸렸다. 그것도 녹음이 아니었다면 절대 알지 못했을 나의 패턴이었다.

사람과 동물들은 비슷하다. 작은 강아지는 무서운 대상이 오면 마구 짖는다. 하지만 맹수가 피할 수 없을 정도로 가까이 다가오면 몸이 굳는다.

생존율을 높이기 위해 몸이 굳고 이후 싸우거나 도망가는 전략을 택한다. 잡아먹힌다 해도 몸이 굳으면 통증이 덜 느껴진다고 한다. 동물이나 사람들이 맹렬히 달려오는 차를 보면 너무 놀라 피하지 못하고 굳는 상태와 같다. 너무 두려워서 몸이 그냥 굳지만 그땐 무섭다는 생각조차 나지 않는다. 그래야 그 무서운 순간을 견딜 수 있기 때문이다.

나는 상담을 받으며 자주 무서워했다. 또 긴장감에 배가 아픈 날도 많았다. 상담자에게 격렬히 반항하며 투쟁해 보기도 했다. 그렇게 나의 몸과 마음은 일상에서 학대의 흔적을 드러내며 관계에서 문제를 일으키고 있었다.

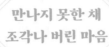

만나지 못한 채
조각나 버린 마음

"제가 비열한 박쥐가 된 기분이에요."

평소 친하게 지내던 영주와 정은이가 싸움이 났다. 두 사람 모두 성격이 불같아서 서로 내게 전화를 걸어 험담을 쏟아부었다. 나는 한 사람의 편을 들기보다 각자에게 맞는 공감을 하고 있었다. 영주에게 귀책이 있었고, 정은이가 느끼는 불편함은 나도 영주에게 느끼던 것들이었지만 그 말은 할 수 없었다. 그저 형식적인 말만 반복하며 서로의 편이 되어주지 못하는 내가 비열한 박쥐처럼 느껴져 괴로웠다.

어느 날, 영주와 정은이가 함께 참여하는 자리에 나도 참석할 일이 있었다. 막상 두 사람과 함께 있는 자리에 참석하려니 불편함이 느껴졌다. 상담자와 이야기를 나눴을 때 불편한데 마음이 왜 이런지 모르겠다는 말을 1시간 내내 반복하고 있었다. 그리고 그 자리를 피할 선택이 있음에도 참여하

동네언니의 상담일기

려는 나 자신도 이상하게 느껴졌다. 그들을 향해 느끼는 마음이 무엇인지 인식하지 못했다.

"불편함을 다른 감정으로 말해보세요."

상담 초창기에는 "모르겠어요."라며 시작해서 이 관계를 장황하게 설명하기를 반복했다. 끝내 무엇이 불편한지 모른 채 모임에 참여했다. 오랜 시간이 지나 알게 된 건 영주에 대한 화와 미움 때문이었다. 하지만 이를 알아차리는 건 어려웠다. 영주가 미웠음에도 두 사람의 갈등에 책임감을 느꼈다. 본연의 나는 없고, 두 사람 모두에게 진정한 친구가 되어주지 못한다는 죄책감만 느꼈다. 그게 누구든 미움이 느껴지면 과거 잘해줬던 일들이 함께 생각나서 마음껏 미워하기가 어려웠다. 화는 정당한 감정임에도 자아가 없으니 고마움과 혼재되어 내 마음을 괴롭혔다.

감정과 욕구를 알지 못해 스스로 이해하지 못할 선택을 할 때가 있었다. 피할 수 있음에도 불구하고 함께 만나면 괴로울 모임에 참여했다. 또 영주에 대한 미움과 불편함이 있으면서도 지켜주지 못했다는 괴로움을 느꼈다. 영주에게 화가 났다는 마음이 있었지만 인식하지 못했다. 그러나 영주를 만나면 불편함에 툴툴거리는 말들이 튀어나왔다. 만남의 즐거움을 느끼지 못해 목소리는 작아지고 빠르게 피곤해졌다. 내면에서 내가 느끼는 감정을 알지 못했다. 하지만 몸은 불편함을 알고 반응했다. 몸과 마음은 다른 말을 하며 분열되어 가고 있었다.

그 외에도 분열되어 나타난 자아의 모습들은 많았다. 힘들어서 쉬어야 한다고 생각하면서도 친구가 전화하면 만날 수 있다며 대답했다. 이후 고민했던 적이 한두 번이 아니었다. 또 상대의 말에 불쾌감을 느끼면서도 얼굴은 웃으며 반응한 적이 많다. 특정한 말에 극심한 두려움을 느끼면서도 표정은 전혀 변하지 않았다. 괜찮다고 말하면서 눈물이 날 때도 많았다. 갈라진 건 몸과 마음의 관계만이 아니었다. 해야 할 일이 있는데 드라마를 켜며 드러눕는 나와 드라마 보는 나를 못마땅해하는 내가 있었다. 춤추며 놀고 싶어 하는 나와 공부하라며 압박하는 나, 어머니를 지키려는 나와 멀리하고 싶어 하는 나, 두려워서 어딘가에 계속 숨는 나, 초라한 나, 사람들에게 사랑받기 위해 애쓰는 나 등 내면은 서로 소통하지 못하고 갈가리 찢겨 있었다.

분열된 자아들은 각자의 자리에서 열심히 목소리를 내고 있었다. 하지만 서로 소통하지 못해 팽팽한 싸움이 일어났다. 이런 내적 갈등이 심하니 사람들과 오랜 시간 함께 있으면 금방 소진되곤 했다. 이를 알아차리지 못해 나를 갈아가며 사회생활을 했다. 그런 후엔 혼자 있고 싶은 날이 많았다. 그땐 왜 그런지 알지 못했다. 둔감해진 탓에 나의 마음을 알지 못하고 지쳐 갔다. 이렇게 내면의 갈등이 큰데도 내가 착하고 순해서 사람들과 잘 지낸다고 착각하며 지냈다.

"내 속엔 내가 너무도 많아."라는 〈가시나무〉 노래 가사처럼 내 안에 분
열되고 조각난 자아들이 존재하고 있었다.

여기저기 소외된 채 조각나 버린 내 마음들이었다. 들어주지 않는 말들
은 고통의 비명을 지르고 있었다. 트라우마 치료는 분열되고 소외된 나와
의 만남이기도 하다.

금방
사랑에 빠져요

상담을 받기 전 유일하게 인정했던 내 문제는 금방 사랑에 빠지는 것이었다. 나는 어릴 때부터 금방 사랑에 빠지는 '금사빠'였다. 새 학년이 되면 늘 같은 반에 좋아하던 남자들이 꼭 있었다. 중학교 때부터는 교회 오빠들을 좋아하기 시작했다. 오빠들은 다 제각각 다른 이유로 좋아했다. 미소가 좋아서, 잘 생겨서, 혹은 내게 건네는 따뜻한 말에 즉시 반하고 사랑에 빠졌다. 친구 오빠의 중학교 졸업 앨범을 보고 잘생긴 외모를 가진 사람에게 편지를 써 보낸 적도 있다. 고백도 자주 했고 좋아서 쫓아다닌 오빠들도 많았다. 하지만 고백에 성공해서 사귄 적은 한 번도 없었다.

중학교 시절 내내, 특히 중1 때 담임선생님을 유별나게 따라다녔다. 선생님은 내가 1번이란 이유로 임시 반장을 맡겨주셨다. 그때 선생님이 내게 관심을 준다고 느꼈다. 이후 선생님을 전교생이 다 알도록 쫓아다니며 사랑했다. 당시 어떤 선생님이 나에게 "우리 학교에서 지현이를 모르면 전학생

이거나 간첩이다."라고 말할 정도였다. 지금도 중학교 때 친구들은 "○○○ 선생님을 좋아하던 애"라고 말하면 다 기억한다. 이렇게 한번 호감을 느끼면 빠르게 반하고, 열정적으로 사랑했다.

고등학교를 졸업한 후에는 떡볶이를 팔던 곳에서 노래 부르던 가수를 사랑했다. 잠깐이었지만 전화번호를 알아내서 전화하고 몇 번 가게를 찾아갔다. 그땐 그 가수가 불교 신자라는 걸 알게 되어 혼자 고민했다. '부모님이 결혼은 반대할 텐데….' 이렇게 혼자만의 상상의 나래를 펼쳤다. 상대가 받아주지 않는 호감은 빠르게 다른 사람에게 옮겨갔다. 이렇게 금사빠라는 것이 결혼 전엔 문제가 되지 않았다. 미혼이었고 혼자 좋아한 사람들이었기 때문이다.

문제는 결혼 이후였다. 남편과는 첫 만남 후 4개월 만에 결혼했다. 23세에 이른 결혼이었다. 처음으로 사랑한다는 느낌이 안 드는 남자였다. 하지만 인연인지 결혼까지 빠르게 이어졌다. 처음 몇 년은 아이들을 키우느라 정신이 없어 별 문제가 없었다. 시간이 흘러 아이들이 자라니 두 아들을 무척 사랑하는데도 다른 남자를 사랑할 때가 있었다. 기독교인에 자의식이 있는 내게 사랑은 큰 죄책감이 들게 했다. 그래서 이 문제만은 꼭 해결하고 싶었다. 이를 위해 만 4년을 빠지지 않고 새벽기도에 나갔을 정도로 간절했다.

상담을 시작하고 몇 달 뒤였다. 하루는 사람들과 함께하는 식사 자리에서 다시 사랑에 빠졌다. 그 남자의 친절한 행동 때문이었다. 식사 때 내 접시에 유독 음식을 자주 올려주었다. 함께했던 날의 대화도 재미있었고, 자꾸 챙겨주니 '나에게 호감이 있는 건가?' 착각하게 되었다. 2차로 와인을 마시러 가자고 유혹을 해 왔다. 가고 싶었지만 할 일이 많다며 선을 긋고 집으로 왔다. 하지만 며칠간 그 남자가 생각났다. 한 달 후 우연히 모임에서 다시 그 사람을 만났다. 계획된 만남은 아니었으나 반가움과 동시에 두려움이 느껴졌다. 나와 가장 먼 곳에 앉은 그 사람에게 자꾸 시선이 갔다. 다른 여성에게도 음식을 잘 챙겨주는 모습을 보고 내게 주었던 것이 의미 없는 친절임을 깨달았다. 의미 없음을 아는데도 좋아하는 감정이 더 이어져 고통스러웠다. 좋아하는 마음에서 빠져나오려 노력해야만 했다.

상담자와 이런 이야기를 나눴다. 과거엔 혼자 고민해야 했다면, 이번에는 나눌 수 있는 상담자가 있어 안도감이 들었다. 상담자는 내게 '유혹'에 대해 말했다. 사람마다 유혹을 느끼는 대상이 다름을 알려주었다. 상담실이 있는 곳이 옷으로 유명한 거리였지만, 한 번도 거리의 옷이 보이지 않았음을 알아차렸다. 나에게 옷은 유혹의 대상이 아니었다. 나의 취약성은 친절하고 잘생긴 남성이었다.

이 상담을 통해 왜 내가 '금사빠'가 됐는지를 꼭 이해하고 싶었다. 질책에 대한 두려움과 잘못했을 때 느끼는 수치심이 크면서도 사랑에 빠지는 문제를 고치고 싶었다. 그리고 '금사빠'의 늪에 다시는 빠지고 싶지 않았다.

동네언니의 상담일기

친구 같은
엄마는
자녀를 고아로
만든다

또래에 비해 이른 결혼이었다. 나는 성장 과정에서 좋은 습관을 습득하지 못했다는 부끄러움이 있었다. 이런 이유로 아이 양육 시 꼭 필요한 것들을 가르치지 못할까 봐 무서웠다. 양치하기, 주변 정리하기, 씻기부터 문제였다. 결혼 전엔 기본적인 생활 습관조차 없었다. 그래서 두 아들을 키우며 긴장이 되었다. 불안한 마음에 양육 서적을 많이 읽었다. 그러나 글로 양육을 배울 수 없었다. 푸바오를 키운 아이바오가 양육을 책으로 배운 게 아니듯 말이다. 부모 양육 태도 중 권위, 방임, 권력, 허용 중 권위 있는 부모가 좋다고 했다. 왜 권위가 있는 부모가 좋은지 이해할 수 없었다. 책에서 파악한 나는 방임형 부모였다. 학대의 경험으로 방임이 이상적이라 생각한 부분도 있었다.

어머니는 내게 허용적인 사람이었다. 오락실에 간다고 돈을 달라고 하면 한 번도 제재한 적이 없었다. 숙제를 시킨 적도 없고, 청결을 요구하지도 않았다. 어릴 때 TV는 애국가가 나올 때까지 봤다. 집에 들어가야 할 시간도 정해지지 않았다. 친구네 집에서 자고 간다고 통보하면 끝이었다. 고집스러운 내 성격을 어머니가 이기지 못한 것도 있었다. 어머니의 방임이 어린 시절엔 자유롭게 느껴졌다. 일요일 아침 교회를 가는 것 말고는 집에선 꼭 지켜야 할 규칙은 없었다.

1년에 한두 달 정도였지만 아버지가 계시면 반대가 됐다. 통제가 시작됐기 때문이다. 아버지가 계시면 많은 것을 할 수 없었다. 아버지는 우리 남매의 시력이 나쁘다며 TV부터 치워버렸다. 아버지가 집에 계시면 마음 편히 쉬지 못했다. 무얼 해야 할지 몰라서 책상에 공부하는 척 멍하게 앉아 있을 때가 많았다. 골고루 먹어야 한다며 식단도 통제했다. 그날 올라온 반찬은 무조건 다 먹어야 했다.

하루는 버터에 김치볶음밥을 먹고 싶어 어머니를 조른 적이 있었다. 그날 아버지는 어머니가 버터에 김치볶음밥을 하는 모습에 화를 냈다. 살찐 내게 살찌는 음식을 먹인다는 이유였다. 아버지가 계신 날이면 전기고문을 당하는 쥐처럼 통제당하는 기분이었다. 세상에서 가장 행복한 날은 아버지가 배를 타고 나가시는 날이었다. 다시 자유를 누릴 수 있었기 때문이다.

어릴 적 방임과 통제가 반복되는 양육 환경에서 자란 나는 결혼 생활에도 영향이 있었다. 남편이 통제한다고 느껴지면 끔찍하게 싫었다. 내가 고집을 피우니 백기를 든 남편은 자유를 허용해 주었다. 남편은 내가 하겠다

동네언니의 상담일기

는 결심을 세우면 반대하지 못했다. 하지만 내 멋대로 할 수 있는 자유가 마냥 좋지는 않았다. 남편이 가끔은 나를 통제해 주길 원하는 마음도 있었기 때문이다. 가정에서 나는 지킬과 하이드 같은 모습을 계속 오갔다. 어느 부분에선 상당히 허용적이지만 또 어떤 부분은 가족들을 침범하고 통제하는 모습이었다.

'경계'가 없다고 말한 상담자의 말에 가족과의 관계를 들여다보는 기회가 됐다. 경계를 인식하지 못하는 태도는 타인의 영역도 구분하지 못해 침범이 일어난다. 각도를 달리해서 관계를 보니 습관적으로 자녀를 침범하는 부분들이 보였다. 아들의 방문이 닫혀 있어도 억지로 열고 들어갔다. 처음엔 경계라는 말을 공간으로 이해했기에 이 부분은 쉽게 고칠 수 있었다. 노크해서 묻고 허락하지 않으면 방에 들어가지 않는 것부터 시작했다. 그 외에도 보이지 않는 침범들이 많았다.

자녀에게 일방적으로 말을 많이 하는 것도 경계를 침범하는 일이었다. 친구에게 해야 할 말을 아이에게 하는 것도 문제였다. 작은아들이 말을 잘 들어주니 내 일상을 자주 말했다. 어머니가 내게 말을 쏟아내는 게 싫었다. 그런 행동을 나도 두 아들에게 똑같이 하고 있다는 걸 알고 매우 놀랐다. 자녀와 친구같이 지내는 건 오히려 해가 된다.

엄마가 아이와 친구가 되면 자녀는 심리적 고아가 된다.

자녀가 돌봄을 받아야 하는데 친구 같은 부모에게 든든함을 기대할 수 없다. 부모가 친구가 되면 아이의 삶에 고난이 생겼을 때 자신의 고난을 나눌 대상이 없어지게 된다. 그런데 나는 두 아들에게 자주 놀아달라며 조르는 엄마였다. 친구가 되어달라며 조르는 엄마였던 셈이다.

　자녀의 말을 믿고 기다려 줘야 할 때 과하게 내 생각을 강요할 때도 있었다. 요청하지 않은 조언과 충고를 한 적도 많았다. 통제와 권위는 다르다. 가끔 아들과의 다툼으로 마음이 상할 땐 감정을 표현하기보단 서운함에 입을 닫았다. 몇 날이고 말하지 않을 때 아들은 내 눈치를 보았다. 이는 자녀를 통제하는 것이다. 자녀와의 갈등에서 부모가 무엇 때문에 마음이 상했는지 설명하지 않고 침묵하면 아이들은 자기 잘못을 엉뚱한 곳에서 찾는다.

　가정에서 부모가 권위를 가지고 적절한 규칙을 유지하는 건 중요하다. 자녀에게 안정감을 주기 때문이다. 하지만 내가 부모니까 따르라고 강요하는 건 침범이다. 상호작용을 통해 자녀의 말을 듣고 존중하면서도 가정의 중요한 규칙은 지킬 수 있도록 지도해야 한다. 그것이 권위다. 두 아들에게 나는 친구 같은 엄마였다. 상담에서 자녀와의 에피소드를 말하며 알게 됐다. 작은아들은 어린 시절부터 존댓말은 했지만, 자주 나를 가르치는 아들이었다. 늦었지만 경계를 배워야 했다. 권위를 가지고 든든한 울타리를 만들어 줄 수 있는 엄마가 되고 싶었다. 관계는 책으로 배울 수 없다. 방임과 통제만 있었던 나에게 권위는 더더욱 어려웠다. 복잡한 기술일수록 직접 체험해야 습득할 수 있다. 상담자는 권위가 무엇인지 체험할 수 있게 도움을 주었다.

두 번째 상담일기

치유 상담, 감정과의 만남

상담자의 과하지 않은 따뜻함과 어떤 표현에도
흔들리지 않은 태도에서 크게 안정감이 느껴졌다.

알아차림과 접촉

부정적 경험을 치유하기 위해 게슈탈트에선 알아차림과 접촉을 중요하게 생각한다.

처음 상담을 받는 사람에겐 알아차림과 접촉이란 단어가 생소할 수 있다. 우리가 하는 행위나 현상은 알아차림이 없이 자동으로 하는 경우가 많다. 습관적으로 웃고 있는 사람에게 "지금 웃고 계시네요."라고 말을 해 보면 "내가 웃었어?"라고 놀라는 사람들이 있다. 또 지금 무엇을 느끼는지 물어보면 생각을 말하거나 엉뚱한 말을 할 때도 있다. 우리의 행동 패턴에는 의미가 담겨 있지만, 알아차림이 없으면 자극에 자동으로 열리는 문처럼 의미 없는 행동으로 치부해 버릴 가능성이 크다.

예를 들어, 아이가 처음 자전거를 배우면 다리나 팔 등 몸의 움직임에 신경 쓴다. 하지만 한번 몸에 익으면 의식하지 않고 앞만 보며 자연스럽게 움직일 수 있게 된다. 습관은 나를 힘들게 만드는 것이어도 패턴화되어 알아차림이 없으면 고치기 힘들다. 과거 부정적 경험에서 생존을 위해 습득했던 자동화된 패턴을 바꾸기 위해 나를 의식하고 알아차릴 수 있어야 한다. 어릴 땐 필요했지만 성인이 된 지금은 생존을 위해 애쓰지 않아도 됨에도 반복하는 패턴들이 있기 때문이다.

어떤 알아차림을 해야 할까?

게슈탈트 심리치료에서는 현상과 행위 알아차림으로 나뉜다.

현상 알아차림은 신체감각, 욕구, 감정, 이미지, 내적인 힘, 환경, 상황, 관계 이렇게 8가지로 나뉜다. 이 8가지는 밀접하게 연결이 되어 있다. 신체감각을 통해 욕구나 감정을 알아차릴 수 있다. 많은 사람이 자신을 잘 안다고 생각한다. 하지만 상담에서 자신에 대해 열심히 설명하지만, 말하다 보면 모르고 있다는 것을 알게 된다. 나를 모른다는 걸 인정할 때 알아차리려는 노력이 시작된다.

두 번째 행위 알아차림은 앞 장에 설명한 나(자아)를 없애는 특정 사고

패턴을 알아차리는 것이다. 이를 게슈탈트 심리치료에선 내사, 투사, 융합, 반전, 편향, 자의식 등 6가지 접촉 경계 혼란이라 말한다. 그리고 특정한 사고패턴과 행동 패턴을 알아차려야 한다. 어린 시절 부정적 경험을 통해 나만의 생존전략이 무엇인지 알아차림으로써 자신에 대한 이해가 커진다. 자동으로 일어났던 것들을 알고 이후 접촉함으로 의도적으로 다른 패턴을 만들기 위한 작업으로 이어질 수 있다. 알아차림이란 내가 다니고 있는 길의 위치를 알려주는 작업과 같다.

상담은 내가 자주 다니는 길을 지도로 보여주는 작업이다.

지도를 펼쳐놓고 상담자와 함께 '아하 내가 이 길로 가고 있구나.' 알아차림으로써 자신의 패턴을 이해할 수 있다. 험한 숲길이라도 사람이 자주 왕래하는 곳은 길이 생긴다. 마음의 길도 그렇다. 자신이 하는 행동에 익숙해져 알아차려도 의식하지 않으면 계속 같은 길로 가게 된다. 새로운 길을 가기 위해선 동행하며 길을 알려주는 상담자가 필요하다. 그렇게 상담자와 함께 반복하다 보면 새로운 길이 익숙해지는 순간이 온다. 길이 없는 곳에 새로운 길을 만드는 건 지난한 과정이지만 나를 진정으로 변화시키는 방법이다.[10]

※ 상담실에 들어서는 순간 치유는 시작된다. 알아차림은 머리로 아는 것이라면 접촉은 유기체가 만나고 변화되는 과정이다. 머리로만 아는 것은 나에게 거리두기를 하게 되어 근본적인 치유로 연결되지 않는다.

'알아차림과 접촉'의 내용을 제시한 건 지금부터 소개할 '상담일기'의 폭넓은 이해를 돕기 위함이다.

동네언니의 상담일기

무슨 말을
해야 할지
모르겠어요

"오늘은 무슨 이야기를 할까요?"

상담자가 물었다. 게슈탈트 상담은 내담자에게 하고 싶은 말을 묻는 경우가 대부분이다. 유기체는 자신에게 필요한 것을 떠올린다고 믿기 때문이다. 처음엔 비싼 돈을 내고 하는 상담이니 해야 할 말을 미리 생각해 갔다. 하지만 몇 번의 상담만으로도 마음이 편해지니 무슨 말을 해야 할지 떠오르지 않을 때가 많았다. 같은 말을 계속하는 것도 싫었고, 상담 주제를 정하는 것도 스트레스였다.

상담실은 우리 집에서 출발하면 1시간 30분이 걸리는 곳이었다. 가는 길에 무슨 말을 할지 정하면 된다. 하지만 책을 읽으며 가느라 처음엔 거의 생각하지 않았다. 생각하고 싶지 않았다는 표현이 더 맞을 것 같다. 상담을 시작한 것은 수시로 흐르는 눈물 때문이었다. 하지만 한 번의 상담으로 수

시로 흐르던 눈물은 멈췄다. 대인관계 문제는 두 번의 상담만으로 마음이 편안해졌다. 시간이 지나 '내가 괜찮은 게 아닌 것 같다.' 의심했지만, 그땐 괜찮은 줄 알았다. 비슷한 시기 상담을 받던 친구는 성실하게 상담받을 내용을 찾고 메모하며 준비해 갔다. 그 모습을 보니 그냥 가는 내 모습과 비교가 됐다. '상담자가 주제를 정해주면 좋겠다'고 생각하기를 여러 번이었다. 상담 주제가 없는 날은 상담실 현관 입구에 서면 절로 마음이 무거워졌다. '하아~ 오늘은 무슨 말을 하지?' 긴장감에 가슴이 두근거렸다. 무거운 발걸음으로 계단을 올라가길 여러 번이었다.

아무리 떠올려 봐도 할 말이 없을 것 같았다. 하지만 할 말이 없어 가만히 있었던 적은 한 번도 없었다. 상담자를 만나면 그 즉시 떠오르는 생각을 쏟아내듯 말했다. 상담자가 앞에 있으면 절로 말이 나왔다. 침묵하는 게 더 힘들었다. 그런데 3번째 상담에서였다. 30분 동안 말을 했는데 상담자는 내게 다시 물었다.

"원래 나누고 싶었던 이야기는 무엇인가요?"

친구에게 느껴지는 불편함을 이야기하다가 또 다른 이야기로 전환하며 말한 후였다. 떠오르는 이야기를 잘했다고 생각했다. 그런데 원래 하려던 말을 물으니 당황스러웠다. '잉? 여태 이야기했는데?', '이게 상담할 거리가 안 되나?' 속으로 생각하며 기가 죽었다. 상담자는 "지현 씨 장황하게 말하고 있어요."라고 지적하지 않았다. 하지만 내가 지금 두서없이 말하고 있다는 걸 돌려주는 상담자의 언어였다. 어느 날은 이렇게 말하기도 했다.

"그 이야기를 통해 무슨 말을 하고 싶은 거예요?"
"지금 이야기를 한 문장으로 말해주세요."

부드럽게 말은 했지만 잘못했다는 느낌이 들었다. 질문을 받으면 하고 싶은 말을 다시 생각하고 답했다. 머리에 복잡하게 차 있던 말들을 그냥 하면 되는 줄 알았던 상담이었다. 그래서 이렇게 물을 때마다 당황스러웠다. 위의 질문들은 여러 가지 의미로 도움을 주는 상담자의 언어들이다. 그때 상담자가 다시 질문한 이유는 그 상담을 통해 내가 진정으로 원하는 걸 알아차리게 하기 위해서였다. 그동안 욕구나 감정을 느끼지 못하니 말을 쏟아내며 장황하게 말하던 습관은 상담자의 질문으로 조금씩 멈추고 고쳐갈 수 있었다.

어릴 적 부정적 경험 때문에 상담을 받고 싶다면 상담 주제가 떠오르지 않더라도 상담을 유지하라고 권하고 싶다.

상담 주제를 생각하는 일이 스트레스일 수 있다. 하지만 게슈탈트 상담은 말의 내용이 중요하지 않다. 말의 내용보다 과정을 중요하게 보기 때문이다. 이를 현상학적 초점화라 한다. 어떤 말을 해도 도움을 받을 수 있다. 그럼에도 주제를 물어보는 건 그 과정을 통해 나의 책임을 인식할 수 있기 때문이다. 또 **질문을 통해 내 욕구를 떠올림으로써 나**(자아)**를 찾아갈 수 있기 때문이다.**

상담에서 침묵도 도움이 된다는 건 시간이 지나며 알게 됐다. 상담에선 어떤 것을 해도 괜찮았다. "내가 할 말이 없는 게 스트레스예요."라고 말하는 것도 좋았다. 혹은 "지금 긴장이 돼요.", "무서워요."라는 간단한 한마디가 굉장히 좋은 상담 주제가 된다는 건 시간이 지나며 경험하게 됐다. 하지만 처음엔 감정도 욕구도 알 수 없던 초보 내담자였기에 상담을 가기 전 할 말이 없어서 종종 고민스러웠다. 하지만 그만두지 않고 계속 상담을 유지했기에 나를 찾아갈 수 있었다.

오늘까지만
상담받겠습니다

'오늘까지만 상담해야 할 것 같아요.'

  속으로 몇 번이고 연습하고 상담실을 찾았지만 결국 하지 못한 말이다. 상담자에게 특별한 불편함이 있었던 건 아니었다. 상담은 큰 도움이 됐고 비싼 돈이 아깝지 않을 정도로 좋았다. 하지만 크게 힘들었던 감정이 가라앉자 혼자 해 볼 수 있을 것 같았다. 눈물이 나고 죽을 만큼 힘들 땐 돈이 없어도 상담을 받으러 갔다. 그렇지만 어느 정도 괜찮아지니 우선순위가 나에서 돈으로 옮겨갔다. 당시 사기를 당한 후라 경제적으로 어려운 시기이기도 했다.

  상담이라는 게 그랬다. 만약 이 돈이 아이들에게 꼭 필요한 학원비였다면, 나는 고민했을까? 아니면 아이들이 힘들어서 받게 된 상담이었다면? 내 몸에 이상이 생겨 받는 치료였다면? 그런 상황이라면 빚을 내서라도 치료했을 것이다. 상담을 처음 시작할 때는 끝까지 갈 거라 결심했지만, 두 달 만에 흔들렸다. 마음의 상처는 눈에 보이는 것도 아니라는 게 문제였다. 또 크게 느껴졌던 불편함이 없어지니 통장 잔고가 줄어가는 불안이 더 크게 다가왔다.

상담실로 가는 전철에서 속으로 '오늘까지만'이라고 결심했다. 상담에서 해결해야 할 문제가 나왔을 때 혼자 해결하겠다는 결심도 해 봤다. 하지만 상담이 끝나고 다음 일정을 잡는 상담자에게 그만둔다는 말은 할 수 없었다. 이런저런 핑계를 대며 주 1회 받던 상담을 2주에 한 번 혹은 한 달에 한 번으로 조정하며 겨우 상담을 이어갔다. 상담자에게 거절하는 게 어려웠고, "제가 돈이 없어서 상담받는 게 어려워요."라고 말하는 건 더더욱 어려웠다. 지금 생각하면 거절을 어려워하는 우유부단함이 나를 살렸다.

상담비와 관계없이 통장에 잔고가 줄어든다는 불안함을 상담에서 이야기한 적이 있었다. 결혼하고 경매 위기에 몰려 반지하 집으로 이사해야 했던 경험이 있다. 두 아이를 데리고 아파트에서 반지하 빌라로 이사하던 날의 기억은 미안함과 함께 아픔으로 남아 있다. 이후 대출금을 갚지 못해 낡은 집으로 이사하는 악몽을 자주 꾸었다. 어린 시절 아버지의 빚보증이 문제가 되어 크게 힘들었던 시절이 있었다. 이후 큰어머니가 우리 집 생활비를 통제하며 나의 욕구를 다 차단했다. 그래서인지 통장의 잔고가 줄어들기 시작하면 불안과 두려움이 느껴졌다. 돈이 없을 때 느끼는 스트레스는

동네언니의 상담일기

극심했다.

문제는 또 있었다. 돈이 없으면 자책이 나왔다. 하나님께 불순종해서 받는 형벌이라 생각했기 때문이다. 어릴 때부터 기복신앙으로 교육받은 영향이었다. 돈이 있으면 하나님이 복을 주셨다고 생각했다. 하지만 돈이 없을 땐 하나님께서 벌을 주는 거라 여겼다. 돈이 없을 때 내 죄를 찾으며 자책하고, 그로 인해 느꼈던 고통도 상당했다. 상담자와 이야기하며 돈이 없다는 것에 대한 불안의 크기를 알게 됐다. 그동안 상담을 받으며 느꼈던 만족감보단 돈이 없다는 불안과 고통 때문에 상담을 고민하게 됐음을 이해하게 됐다. 이 상담 이후 더 낡은 집으로 이사 가는 꿈은 꾸지 않는다. 돈이 없는 순간 느꼈던 불안과 두려움 또한 찾아오지 않았다.

"외상 하셔도 돼요."

상담비가 없다는 말을 직접적으로 하지 않았으나 내 형편을 눈치챈 상담자가 먼저 말했다. 그 말을 듣고 안심이 됐다. 이후 코로나로 인해 더 큰 경제적인 어려움이 찾아왔다. 상담비를 내고 나면 통장에 500원만 남은 적도 있었고, 상담 이후 돈을 보내야 할 때도 있었다. 그런 상황에서도 상담을 관둬야겠다는 생각은 하지 않았다.

지금 내게 가장 잘한 일이 무엇이냐고 묻는다면, 어려운 형편에도 계속 상담을 유지한 일이라 말할 수 있다. 돈이 생기면 다시 받아야지 생각하고 미뤘다면, 다른 우선순위에 밀려 지금도 상담을 받지 못했을 것이다. 예전엔 나보단 돈이 우선이 될 때가 많았다. 하지만 상담을 통해 바뀐 우리 집 분위기를 생각하면, 그것은 현명한 소비였다.

상담자를
사랑합니다

미국 드라마 〈인 트리트먼트〉는 상담 장면이 주를 이루는 드라마다. 드라마 시즌 1, 첫 번째 편에선 내담자가 상담자에게 느끼는 성(性)적인 감정을 고백하는 장면이 나온다. **상담을 받는 내담자가 상담자를 사랑하고 성적인 감정을 발전시키는 건 흔한 일이다.** 이성뿐 아니라 동성 상담자를 흠모하는 내담자들의 이야기도 종종 들어왔다. 그러나 내가 상담자를 사랑하며 성적인 상상을 하는 건 다른 문제다.

앞에서도 언급했지만 나는 '금사빠'다. 내가 만난 상담자라고 예외일 순 없었다. 상담자를 사랑하게 됐다. 처음엔 사랑하는 마음을 가볍게 생각했다. 어느 날 Karen J. Maroda의 책 『정신역동 상담』에서 상담에서 내담자가 상담자에게 성적 감정을 가질 수 있다는 글을 읽게 됐다. 이 글이 재미있게 느껴졌다. 상담 시간에 내 감정을 말해도 괜찮겠단 생각이 들었다. 그래서 가벼운 마음으로 상담 시간에 말해보기로 했다. 지금이라면 절대 하지 않을 선택이지만 당시엔 참 용감했다.

"선생님을 좋아합니다."

이렇게 당당하게 이야기했다면 얼마나 좋았을까? 그날 녹음을 들어보면 목소리는 작아지고 손에 땀이 날 정도로 긴장하고 있음이 느껴진다. 가벼운 마음으로 시작한 고백이었지만 상담자의 진지한 표정에 당황했다. 어떤 주제에도 내 이야기가 재미있다는 듯 잘 웃던 상담자였다. 하지만 그날은 웃지 않고 내 고백을 들었다. 그때부터 스텝이 꼬인 댄서처럼 핑계 같은 말을 중언부언하기 시작했다. 난 진상 내담자가 되어가고 있었다. 재미를 추구하다 만나게 된 참사였다.

"좋아하는 마음이 상담이 진행되지 않을 정도로 노골적으로 나와서 다룰 수 없는 정도가 된다면 어느 정도 거리를 두어야 하겠지요."

내 고백을 들은 상담자가 말했다. 내담자의 전이 감정(내담자가 상담자에게 느끼는 다양한 감정. 과거에 해결되지 않는 대상을 상담자에게 투사해서 반응하는 것)에서 서로를 보호하기 위해 당연히 해야 할 말이었다. 하지만 그 말은 '나를 버릴 수 있다.'라는 무서운 말로 들렸다. 또 상담자는 마무리 시간에 내가 좋아한다는 걸 살짝 눈치챘다고 하니 벗은 몸을 들킨 듯 수치스러웠다. 다음 상담을 예약하고 왔지만, 상담을 다시는 못 갈 것 같았다. 너무 힘들어서 내내 울었던 기억이 난다. 수치심이 들어 상담을 취소하고 싶은 심정을 장문의 메일에 써서 보냈다. 그냥 이대로 지나가면 예전처럼 아닌 척 억압할 것 같은 마음에 용기를 냈다.

얼마 후 답장이 왔다. 내 마음에 공감하는 내용과 힘든 마음을 억압하지 않고 메일을 보낸 것에 지지해줬다. 고백에 당황하지 않았고 자신을 신뢰해 준다고 느꼈다고 했다. 상담 시간에도 반복해서 한 말이었지만 그땐 당황하고 있을 때라 들리지 않았다. 메일에서 내 마음을 존중하고 이해한다는 말에 안심이 됐다.

"지현 씨의 마음을 전혀 눈치채지 못하고 있다면 내담자의 마음과 프로세스를 놓치고 있는 둔감한 상담자인데 그런 상담자라야 하겠습니까?"

특히 위의 글에 상담받을 용기가 생겼다. 그 당시 상담받은 내용을 다시 들어보면 상담자를 성적으로 '유혹하고 싶은 마음'과 '그러면 안 돼, 버림받을 거야.'라는 두 마음이 충돌하고 있었다. 또 내가 유혹하면 상담자도 나에게 반응할 거라는 두려움도 컸다. 또 한편으로는 내 마음을 알면 상담자가 나에게 거리를 둘 것 같았다. 내가 상담 시간에 다 했던 말이었다. 유혹하다가 상담을 망칠 것 같다는 두려움에 자꾸 긴장되었다. 그래 놓고 집에 오니 내가 한 말보단 상담자의 말이 더 크게 다가왔다.

　이후 상담자를 좋아하는 마음을 없애기로 결심했다. 이젠 상담자가 생각나면 열심히 피했다. 이후 피할수록 상담자를 좋아하는 마음이 점점 더 커져 버렸다. 어느 날은 하루 종일 상담자 생각만 났다. '내가 미쳤을까?' 아무리 생각해도 미쳤다는 생각밖에 들지 않았다. 상담자를 좋아하지 않기 위해 노력할수록 늪에 빠지는 기분이었다. 남편과 아이들을 사랑하는데도 상담자와의 사랑을 상상하니 가정을 깨는 극단적인 생각만 떠올랐다. 내 감정이 무섭게 느껴졌다.

　상담은 받고 있었지만 나와 나 아닌 것의 구분이 없던 상태였다. 당시만 해도 이성을 좋아하면 그 사람이 나를 성적인 대상으로 보게 될 것 같았다. 평소 성적인 대상으로 봐주길 원하는 마음과 그렇게 볼까 두려운 마음이 다 있었다. 이런 두 마음이 '사랑한다. 사랑하면 안 된다.'라는 내적 갈등으로 이어져 괴로웠다. 계속 감정을 피할수록 상담자를 사랑하는 마음은 커져만 갔다. 당연한 결과였다. 감정은 피할수록 더 커지기 때문이다. 미국의 사회심리학자 웨그너가 증명한 '흰곰 실험'이 있다. 지금 흰곰을 절대 생각하지 말고 1분만 있어 보자. 그러면 흰곰 생각만 날 것이다. 이 실험을 알고 있었음에도 내 일이 되니 떠오르지 않았다. 뒤늦게 이 실험이 생각났다. 이후 상담자를 잊기 위한 노력은 멈추었다.

상담을 유지하며 어릴 적 돌봄이 부족했던 내가 상담자를 사랑하는 건 당연할 수 있겠다고 느껴졌다. 비록 상담료를 내고 만나는 관계지만 상담자는 진심으로 나를 대해 준다고 느꼈다. 일상을 물어주고 내가 한 말을 주의 깊게 들어주는 사람이었다. 평생을 통틀어 이런 경험은 처음이었다. 또 상담 시간만큼은 연결되고 함께 있다는 느낌을 받았다. 이전에 친구를 만나거나 남편과 함께 있어도 헛헛함을 느낄 때가 많았다. 외로움을 자주 느꼈고 만남 후엔 공허감이 느껴졌다. 상담자를 만나고 나면 채워지는 기분이 들었다. 누군가와 함께한다는 감각이 생긴 건 상담을 통해서였다. 이런 상담자를 어떻게 사랑하지 않을 수 있을까?

이 관계가 건강하게 지나간 건 상담자가 일관적인 태도로 대해 주었기 때문이다. 과하지 않은 따뜻함과 어떤 표현에도 흔들리지 않은 태도에서 크게 안정감이 느껴졌다.

시간이 흘러 한번 더 당당하게 "선생님 사랑합니다."라고 고백했다. 내 감정을 만나기 위한 전략이었다. 내 고백에 상담자는 말했다.

"내담자가 상담자를 좋아하는 건 전이 감정으로 지나가는 감정일 뿐이에요."

내가 느꼈던 전이 감정은 사랑만 있었던 건 아니다. 때론 아버지로 혹은 과거 중요했던 사람으로 보이며 다양한 감정을 경험했다. 그렇게 다양한 대상으로 변해가는 동안 상담자는 흔들리지 않았다. 내 감정이 건강하게 지나갈 수 있도록 기다려 주었다.

어린 시절 성폭행 경험이 있으면 의식하지 않아도 이성을 좋아한다는 것은 성(性)적인 감정과 연결된다. 그래서 상담자를 유혹하는 행동을 할 수 있다. 어린 시절 놀이처럼 시행된 성폭행은 관계에서 성적인 행동만 있다고 알게 되기 때문이다. 상담자는 이 관계에 휘둘리지 말아야 한다. 내담자의 요구에 적절한 좌절을 주며 경계를 세울 때 안전한 관계 경험을 할 수 있다. 상담자를 유혹한다고 흔들리면 내담자는 좋은 관계 경험을 할 수 없다. 오히려 과거 경험을 반복하게 되며 자신의 상처를 확증하는 계기가 된다. 건강한 상담자를 만나야 하는 이유다.

동네언니의 상담일기

넷플릭스 영화 〈돈 룩 업〉을 봤다. 영화에서는 행성이 지구를 향해 돌진하고 있었다. 천문학자의 계산으론 6개월 후면 행성이 지구에 충돌 예정이었다. 충돌 즉시 지구에 살고 있는 인류 모두 소멸할 것이 예상됐다. 사람들이 죽을 확률이 100%인 상황에서 두 천문학자는 임박한 재앙을 알리기 위해 대통령과 언론을 찾아가 호소했다. 하지만 사람들은 드러난 문제를 직면하지 않았다. 100%는 많은 것 같으니 70%라고 하자고도 했다. TV 아나운서들은 무거운 이야기를 가볍게 다루자고 말했다. 세상 사람들은 문제를 부정하거나 회피했다.

그 영화를 보며 상담 과정에서의 내 모습이 떠올랐다. 부정적인 이야기는 아예 듣지 못하거나, 많은 이야기 중 긍정적인 이야기만 들었기 때문이다.

나는 4대째 기독교를 믿어온 집안에서 자랐다. 어느 날 상담자는 불교에서 나온 용어를 사용해서 말하고 있었다. 그 순간 아무 소리도 들리지 않았다. 안 듣는 게 아니라 못 듣는다는 표현이 맞았다. 그 전엔 못 듣는 게 있다는 걸 전혀 몰랐다. 하지만 상담을 받고 알아차림이 생기니, 누군가가 내 믿음에 반하는 이야기를 하면 무척 긴장하며 정신이 없어지기도 했다. 가끔은 한참을 멍하게 있다가 더듬거리며 말이 나왔다.

"지현 씨는 부정적인 뭔가를 보는 게 두려운가 봐요."

상담자의 말에 내가 부정적인 말을 듣고 있을 때 두려움을 느낀다고 알게 됐다. 부정적인 말을 들으면 나는 몸이 곧잘 얼어붙었다. 사람들이 내게 불만을 말하면 손에 힘이 들어갔다. 그리고 나조차 이해하지 못할 핑계 같은 말들을 장황하게 쏟아냈다. 그러는 사이 온몸은 차갑게 식어 한기가 느껴졌다. 재미있는 말로 본질을 흐리며 상대의 말을 흘려버리기도 했다. 두려울 때 회피하는 건 나의 전형적인 패턴이었다. 〈돈 룩 업〉에서 진지한 이야길 듣지 못하고 자신이 하고 싶은 이야기만 하는 대통령의 모습이 바로 나였다. 부정적인 이야길 듣지 못하면 결국 독선가가 될 수밖에 없다.

작은아들과 tvN 드라마 〈슬기로운 의사생활〉을 보고 있었다. 당시 우주가 아팠을 때 돌봐줄 누군가 다녀간 장면을 봤을 때였다. 작은아들은 그 장면에서 이혼 후 집을 나간 엄마가 다녀갔을 거라 말했다. 그 말에 "쟤네 엄마가 왜 오냐?"라고 말했다. 그 말을 들은 작은아들은 "아, 엄마는 나 아파도 안 온다?"라고 말했다. 즉시 내가 실수했음을 깨달았다. 작은아들을 보니 눈물을 흘리고 있었다. 나는 남편과 이혼 후 재결합을 했다. 작은아들은 드라마를 보며 어릴 적 상처가 떠올랐던 모양이다. 무척 미안했다. 하지만 나는 작은아들의 상처에 공감하지 못하고 귀엽다는 듯 웃고 있었다. 작은아들이 내게 서운하다고 말할 때 듣지 못하고 웃음으로 무마하고 있었음을 알아차렸다.

또 다른 측면은 사람을 알게 되면 부정적인 정보나 감정을 믿지 않으려는 경향이었다. 나는 긍정적인 사람이라 생각했다. 처음 사람을 만날 땐 의심하지만, 한번 나의 경계에 들어온 사람들은 아무리 부정적인 단서가 보여도 끊어내지 못했다. 가장 큰 사건은 사무실 확장을 위해 인테리어 공사를 했을 때였다. 인테리어 업자는 지인의 소개로 알게 된 사람이었다. 의심스러운 면이 보였음에도 업자를 끝까지 믿었다. 1차 피해를 보았을 때 의심하고 멈춰야 했지만 그러지 못했다. 중간에 멈출 기회는 많았다. 사람들이 찾아와서 부정적인 정보를 주었지만, 두려움에 업자의 긍정적인 면만 보다가 피해액이 커졌다. 당시엔 감정을 느끼지 못했던 시기라 좌절해 봐야 뭐하나 싶어 해결에 우선순위를 두었다. 사기꾼 인테리어 업자에게 화도 내지 못하고 축복하며 마무리 지었다. 지금 생각하면 난 호구였다.

"재은이가 알고 그런 건 아닐 거야, 그렇게 나쁜 친구는 아니야."

내가 공격을 당할 때 같이 있던 상희가 나를 공감하며 공격한 사람을 욕해줬다. 나는 그때마다 나를 힘들게 한 사람들을 두둔했다. 화가 나거나 미운 감정을 피하다 보면 나를 지키지 못하는 일이 다반사였다. 그러다 보니 다른 사람들은 힘들다고 멀리하는 사람들과도 잘 지냈다. 한번 사람을 믿기 시작하면 직접적으로 마음이 힘들어도 상대가 먼저 떠나지 않으면 함께하는 경우가 많았다. 오히려 부정적인 이야기를 하면 상대 말의 흐름을 끊는 이야길 했다. 부정적인 이야기를 듣지 않거나 흘려들어서 결국 시간이 지나면 그 문제로 힘들어졌다. **상대의 좋은 면만을 본다는 건 나의 힘듦을 공감하지 못한다는 뜻이기도 하다.** 상대의 부정적인 면을 보지 않으면 굳이 나쁜 이야기를 할 필요가 없다. **이렇게 함으로써 나의 거절하는 능력도 화를 내는 능력도 점점 사라지게 만들었다.**

이 외에도 어릴 때 생존을 위해 선택했던 회피는 삶에 더 큰 문제를 만든다. 돈에 대해서도 잘 통제하다가도 빚이 늘면 오히려 무서워서 제대로 보지 못한다. 또 아파도 병원에서 검진 후 큰 병으로 진단받을까 봐 통증이 있어도 검진을 미루기도 한다. 그래서 치료 시기를 놓치거나 더 큰 치료비를 감당해야 할 수 있다. 나는 치과 치료가 그랬다. 종교적인 부분도 내가 믿고 있는 게 거짓이라면 어떡하나 두려운 마음에 다른 종교 이야기를 듣지 못하는 반쪽짜리 믿음이었다.

나는 왜 부정적인 생각들은 다 피하는 상태가 되었을까? 첫째, 어린 시

동네언니의 상담일기

절 무서울 때 이유를 설명해 주고 함께 견뎌주는 사람이 없었기 때문이다. 예를 들어 가정에 우환이 생겼을 때 어른들은 아이들이 걱정한다고 말하지 않는 경우가 많다. 하지만 분위기는 무겁고 어딘가 이상하다는 걸 아이도 느낀다. 이때 아무도 말해주지 않으면 아이들은 상상력을 펼친다. 최악을 상상하며 극한의 공포심을 경험하게 된다. 극한의 두려움을 경험하다가 이후 어떻게든 살 방법을 찾는다. 내겐 그게 회피였다. 아예 듣지 않거나 부모에게 나쁜 일이 일어나지 않았다고 믿어버리면 그 상황을 견딜 수 있기 때문이다.

둘째, 내가 느낀 부정적인 감정에 공감받은 경험이 없었기 때문이다. 화가 나거나 미워하면 안 된다는 내사가 있는 나였다. 그런 내가 타인을 향한 부정적인 감정을 느낀다는 건 버림받을 수 있는 무서운 일이었다.

셋째, '모' 아니면 '도' 식의 생각도 문제가 있었다. 생존만을 위해 살아왔기에 안전 아니면 모두 위험한 것으로 받아들여졌다. 부정적인 이야기는 내겐 죽을 수 있는 위협으로 판단되고 있음을 알아차렸다.

이를 해결하기 위해서는 부정적인 감정을 직면하고 받아들이는 용기를 갖는 게 필요하다. 상담자의 존재는 이 과정을 혼자 하지 않아도 될 수 있도록 도와준다. 상담을 통해 긍정적인 면만을 보려는 태도에서 벗어나 전체를 보려 노력했다. 현실을 직시하고 문제를 바로 보면 해결 방법이 보였다. 이를 통해 회피하는 습관을 점차 줄여갈 수 있었다.

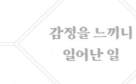

감정을 느끼니
일어난 일

1) 친구들의 말에 베이다

처음 상담을 받을 땐 상담 내용을 전체 공개 형태로 블로그에 작성했다. 처음엔 짧은 느낌 수준이었으나 시간이 지나며 점점 공개의 범위가 넓어졌다. 나의 상담받은 이야기를 공개한다는 게 문제가 되지 않았다. 나와 비슷한 경험을 한 누군가에겐 꼭 필요한 정보라 생각되어 좋았다.

어느 날 친구들이 있는 단톡방에 내가 작성한 블로그 글을 공유한 적이 있다. 너무 과하게 열심히 한다는 내용의 글이었다. 너무 열심히 하는 문제로 상담을 받았다는 게 친구들도 흥미로워할 거라 여겨졌다. 공감을 바라지 않고 가벼운 마음에 보낸 글이었다. 내 글에 성희가 "너를 인간으로 보지 않다니 아픈 말이네."라는 문자를 보내왔다. 평소 친한 친구는 아니었지만, 성희의 깊은 공감에 눈물이 났다. 그런데 톡 방에 있던 주은이가 내 글에 대한 언급 없이 자신의 이야기를 했다. 당연히 피드백하지 않을 수는 있다. 하지만 내 글을 주제로 이야기하고 있는 상황에서 자신의 이야기로 전환하는 게 상처가 됐다. 과거라면 전혀 상처받지 않았을 일이었지만 그날따라 마음이 상해 단톡방을 나와버렸다. 나도 전혀 예상하지 못한 전개였다. 그때 처음으로, 내 이야기를 궁금해하지 않는 사람에게 일방적으로 나를 개방할 때 상처가 될 수 있음을 깨달았다.

감정을 알아차리기 시작하자 사람들의 말에 예민하게 반응하게 됐다. 과거라면 아무렇지 않았을 말들이었다. 상대의 말과 태도에 서운함이 느껴질 때가 있었다. 그리고 친구의 말에 공감받으면 슬픔이 느껴지기도 했다. 가끔은 화가 났고, 과거라면 그냥 지나쳤을 일에 깊은 상처를 받기도 했다. 어떤 말이든 민감하게 반응하게 되니 상태가 안정될 때까지 사람들과 잠시 피해 있는 게 좋을 것 같았다.

그동안은 느껴보지 못한 날것의 감정을 만나니 당황스러웠다. 감정을 느끼기는 하나 제대로 처리할 수 없어서 나도 친구들도 함께 베여가는 기분이 들었다. 칼에 베인 상처를 소독하지 않고 놔두면 염증이 생긴다. 염증이 된 상처는 스치기만 해도 아프다. 내 마음의 상처도 그랬다. 쌓아두고 그동안 묵혀두었던 상처를 꺼내 놓고 보니 벌겋게 성이 난 마음이 보였다.

상담 초기엔 타인의 말에 더 쉽게 상처받고 민감해질 수 있음을 경험했던 시간이었다. 이렇게 민감하고 아프니 감정을 차단할 수밖에 없었겠다는 이해가 됐다.

상담 전에도 있었지만 인식하지 못했던 건 공황증상이었다. 상담을 받으며 '나'도 없고, '경계'도 없음을 알았다. 같은 말이지만, 이 말을 듣고 큰 불안이 느껴졌다. 지난 세월 감정을 차단하고 모든 상황을 회피하며 살았다. 그래서 환경에서 느끼는 불안을 자각하지 못했다. "경계가 없다."라는 말에 그동안 회피했던 환경이 보이는 느낌이었다. 마치 바다 위 작은 나뭇조각 위에서 위태롭게 걸쳐 있는 듯했다. 심리적인 지각이라는 걸 안다. 하지만 상담자의 한마디가 큰 파도처럼 느껴졌다. 중의적인 한마디에도 질책으로 느끼며 금방 죽을 것 같은 공포가 찾아왔다. 상담자를 믿는다고 했지만, 상담자를 좋아하게 되니 잘하지 않으면 버림받을 것 같은 두려움도 함께 찾아왔다.

불안은 다양한 장소와 상황에서 나타났다. 숨을 쉬지 못해 호흡이 곤란했고, 심장이 아프기도 했다. 다양한 공황 관련 책을 읽으며 내 증상이 공황임을 알게 됐다. 내게 공황이 찾아온 것이다. 2004년에도 비슷한 증상으로 심전도 검사를 받은 적이 있었다. 당시 큰 사건을 경험하고 난 후 숨이 쉬어지지 않고 걷는 것도 힘들었다. 병원에 가서 24시간 심전도 검사를 받았다. 검사 결과는 이상이 없다고 했다. 이후에도 대중교통을 이용하면 자주 토할 것 같은 기분이 들었다. 호흡이 가빠지는 증상이 있었으나 체력 문제로 여기며 그때마다 건강보조식품의 종류만 늘려갔다. 지금 생각하면 모두 공황증상이었다.

드라마 주인공처럼 공황발작이 일어나지 않으니 공황증상이 있다고 상상하지 않았다. 이후 최주연의 『굿바이 공황장애』 책을 보며 알게 된 건 공황증상이 있다고 다 공황장애라고 하지 않는다고 했다. 공황증상은 몸의 증상으로 호흡이 잘되지 않거나 토할 것처럼 속이 메슥거리기도 하고, 심장이 빠르게 뛰는 것을 말한다. 공황발작은 그보다 더 강한 반응으로 죽을 것 같다고 느끼는 상태이다. 공황발작이 오면 정말 죽을 것 같은 통증이 몰려온다. 평소 몸이 쉬어달라고 주는 신호를 알아차리지 못하고 계속 일을 하면 더 강한 반응을 내게 보내서 강제로 쉬게 하려는 전략이다. 공황은 위험이 아닌 우리의 몸을 보호하기 위해 보내는 신호라고 했다.

그러면 공황장애는 무엇일까? 공황장애는 공황발작이 오게 될까 무서워하는 것이다. 한번 죽을 것 같다고 느꼈던 강한 발작을 경험하고 나면 언제 다시 올지 몰라 불안해진다. 교통사고 후 차가 무서워지듯 발작이 오게 될까 무서워지는 건 너무나도 당연한 일이 될 것이다.

몸 알아차림과 감정 알아차림이 없던 내가 불안을 피하려고 과하게 일하며 지냈으니 공황증상이 온 건 너무나도 당연한 일이었다. 몸의 알아차림이 없이 계속 무리하며 살았다면 아마도 공황장애 진단도 받았을 것이다. 혹은 신체적으로 더 아팠을지도 모른다. 상담을 받고 공황증상이 왔을 땐 괴로웠다. 하지만 몸과 마음이 힘들 때 위험하니 쉬어 달라는 경보시스템으로 이해하니 한결 가벼워졌다.

3) 깊이 잠들지 못하는 밤

극심한 불안을 느끼기 시작하니 문제가 생긴 부분은 수면이었다. 불면증이 오래 지속되진 않았지만 깊이 잠들지 못하는 날들이 생겼다. 감정을 차단하며 지낼 땐 잠자리가 바뀌어도 잘 자던 나였다. MT나 단체 여행에서 옆 사람이 떠들어도 잘 수 있었다. 그런데 불안을 경험하니 1시간에 한 번씩 깨는 날이 있었다. 깊은 잠을 자기 어려웠다. 다음 날 아침 일찍 일정이 있는 날이면 새벽 4시까지 잠이 오지 않았다. 시간에 대한 강박이 있다. 일정에 늦을까 봐 자주 긴장이 됐다. 겨우 잠이 들어도 한 시간 만에 눈이 떠지니 정말 미칠 지경이었다. 불면증의 고통을 처음 느껴봤다.

불면증은 감정을 지각하기 시작하자 일어난 몸의 반응이었다. 언제 뱀이 나타날지 모르는 환경에서 깊은 잠을 잘 수 없는 것과 같은 원리다. 소리에 민감해지고 모든 감각이 깨어 있게 된다. 불안을 경험하자 몸이 내 환경을 위험하다고 지각하며 찾아온 수면 장애였다. 불면증이 온 날, 몸을 알아차려 보면 목이 굳고 어깨가 딱딱해져서 긴장하고 있음이 느껴졌다. 특히 온몸에 한기가 느껴지는 날도 많았다. 그동안 내가 느끼지 않고 피했던 감정의 실체가 이렇게 크고 무거운 것임이 느껴졌다.

이렇게 임상적인 증상이 있을 땐 상담과 약물치료를 병행할 때 큰 도움이 된다. 상담을 받기 전 정신건강의학과에서 심리검사와 약물 치료를 함께 시작한다면 증상 해결엔 도움이 된다. 다리가 부러졌을 때 혼자 치료해 보겠다고 버틸 수 있다. 그러면 언젠가 뼈는 다시 붙겠지만 그 기간의 고통과 불편함은 짊어져야 할 몫이 된다. 불안과 공황증상, 그리고 수면 문제로 고통스럽다면 약물치료를 받는 게 좋다. 그리고 긴 시간 감정을 차단한 사람들의 경우 만성화된 우울증이 있을 수 있다.

멈출 수 없는
괴로움, 일중독

"엄마는 과로사하실 것 같아요."

작은아들이 말했다. 그 말에 동의가 되지 않아 의아한 듯 물었다.

"내가 그렇게 일을 많이 해?"

당시 새벽 5시에 일어나 매일 새벽기도를 다녔다. 오전 7시에 기도를 마치고 집에 오면 식사 준비를 했다. 이후 30분 동안 성경을 읽은 후 출근했다. 퇴근 후엔 블로그에 포스팅하기와 밤 11시까지 성경과 책을 읽었다. 물론 식사 준비도 소홀히 하지 않았다. 이렇게 지내면서도 열심히 한다고 의식하지 못했다. 상담을 받기 전엔 스스로 부지런한 사람이라 생각해 본 적이 없다.

결혼 생활을 하며 정리가 잘 안 되는 게 게을러서 그런 줄 알았다. 큰어머니가 내게 게으르다고 말한 영향이 컸다. 20년 전 입사를 위해 쓴 자기소개서에 '나는 게으릅니다.'라고 적었을 정도였다. 자책이 심해 나에 대한 왜곡도 심했다.

학창 시절 내내 성적이 매우 나빴다. 어릴 땐 학원을 보내주면 꾸준히 다니지 못했다. 큰어머니는 "여자는 기술을 배워야 해.", "한 우물을 파."라며 내가 진로를 바꾸고 싶어 할 때마다 야단치며 말했다. 내가 무언가 그만두거나 새로운 일을 하고 싶어 할 때마다 큰어머니의 공격적인 말이 날아왔다. 큰어머니의 말은 나를 게으르고 변덕스러운 사람으로 느끼게 했다. 그래서인지 열심히 살고 있음에도 인식하지 못했다.

고등학교 때부터 미술치료사가 되는 게 꿈이었다. 30대 중반 꿈을 이루기 위해 사이버대학에 편입하게 됐다. 하지만 끝까지 해낼 거라는 믿음이 없었다. 그래서 포기할 수 없도록 책임을 주기 시작했다. 우선 스터디 모임을 만들었다. 월 2권의 책은 무조건 읽는 걸로 계획을 세웠다. 그 목표를 이루지 못한 달엔 자책으로 이어졌다. 그리고 한 번만 결석해도 포기할 것 같은 두려움이 들었다. 워크숍이 있는 날 심하게 아파도 새벽에 링거를 맞으면서 공부하러 갔다. 안 할 수 없도록 나를 규제하며 살고 있었다. 이렇게 성실하게 지냈음에도 스스로에 대한 믿음이 쌓이지 않았다. 하루라도 빠지면 포기할 것 같아 쉴 수 없었고 해야 할 일 리스트는 쌓여만 갔다.

성실하게 공부한 덕에 학창 시절엔 꿈도 꿀 수 없었던 고려대학교 교육대학원에 진학했다. 대학원에 다니며 학교에서 가장 멍청한 사람은 나라고 생각했다. 더 성실하게 수업을 들어야 한다고 채찍질했다. 열심히 공부한 덕에 심리 상담사라는 꿈은 이루었다. 하지만 그렇게 성실하게 살다가 어느 순간부터 숨이 차올랐다. 열심히 공부하다가도 무기력해져서 드라마를 보거나 며칠씩 게임을 하는 날이 주기적으로 찾아왔다. 그 모든 게 게을러서 일어난 일이라 믿고 있었다. 모든 일정을 일과 병행했기에 지쳤다는 걸 인식하지 못했다.

상담을 받은 건 19년 8월부터였다. 상담받은 내용으로 책을 쓰고 싶은 마음이 처음부터 있었다. 그래서 상담을 받으면 그날 기록을 블로그에 정리했다. 그리고 내 상담 주제 관련 책을 읽었다. 예를 들어 수치심이 있다고 하면 수치심 관련 책을 다 찾아 읽는 방식이었다. 치유를 위해 시작한 상담이었지만, '경계', '자아', '나 없음'이 내게 극심한 문제가 있다는 질책으로 받아들여졌다. 이는 투사로 상담자가 한 질책이 아닌, 자책이었다.

'경계가 없다.'라는 말이 큰 잘못으로 여겨졌다. '경계 없음'은 황량한 땅에 울타리가 없이 지내는 두려움을 느끼게 했다. 언제든 다른 사람의 땅에 침범하는 잘못을 저지를 수 있는 사람이라고 말하는 느낌이었다. 또한, 옆의 땅 주인이 총알을 장전한 무기를 들고 서 있어 나를 해칠 것 같은 기분이었다. 내가 피했던 환경이 보이기 시작하면서 느껴진 불안과 두려움이었다. 언제나 내 곁에 따뜻한 사람이 없어서 느꼈던 두려움이기도 했다. 이후 언제든 잘못할 수 있는 사람이라는 불안이 자극됐다. 그때부터 무조건 빠르게 좋아지겠다는 일념으로 나 자신을 과도하게 더 밀어붙이기 시작했다.

몸을 알아차리자, 극심한 불안감을 가지고 지내고 있음이 느껴졌다. 잠은 오지 않았고, 가만히 앉아 있기가 어려워서 안절부절못했다. 무서운 귀신에게 쫓기듯 일을 과도하게 했다. 매일 새벽 2시까지 일할 거리를 찾았다. 절대 쉬는 것을 허락하지 않았다. 한 달 동안 10권의 책을 읽었을 때가 있었다. 그때 나는 스스로 폭주하는 기분이 들었다. 많은 책을 읽었음에도 기쁘지 않았다. 일중독이 되니 하루하루가 숨이 찼다. 어릴 적 읽은 안데르센의 동화 「빨간 구두」에서 춤을 멈출 수 없었던 주인공 카렌처럼, 나는 공부를 멈출 수 없었다. 이는 극심한 고통으로 이어졌다. 그리고 숨이 가빠왔다. 당시 힘들어 죽을 것 같으면서도 일을 놓지 못하는 이유를 찾아봐야 했다. 내가 무엇에 불안을 느끼는지 상담자와 함께 알아갔다.

"넌 인간도 아니야."

상담을 받으면서, 나는 상담자의 의도와는 달리 나의 잘못을 계속해서 찾고 있다는 걸 깨달았다. 스스로 인간도 아니라며 채찍질하고 있었다. 마치 뒤에서 괴물이 쫓아오는 사람처럼 도망치듯 공부하고 있었다. 나는 빠르게 인간이 되고 싶었다. 일과 공부에 중독됨으로써 인간이 아닌 나를 포장하려 했다. 책을 읽고 열심히 하니 주변 사람들은 나를 칭찬했다. 그때 느끼는 안도감이 있었다. 그러나 너무 과하게 공부하기 시작하자 점점 버거워졌고 칭찬도 반갑지 않았다. 일을 잘하는 사람에게 주어지는 인정과 칭찬 때문이었다. 상담을 받으며 더 미친 듯이 공부했던 이유도 그것이었다. "넌 인간도 아니야."라는 말은 지금 생각하면 너무 아픈 말이다. 하지만 그땐 당연한 줄 알고 있었다.

건강한 사람은 무엇을 하든 멈추고 싶을 때 중단할 수 있어야 한다.

상담자는 내가 무엇을 하든 칭찬하지 않았다. 대신 너무 과하게 몰입할 때마다 내 상태를 알아차릴 수 있도록 도와주었다. 그럴 때마다 나를 멈출 수 있었고, 덕분에 소진되지 않고 과정을 잘 마칠 수 있었다.

동네언니의 상담일기

네가
웃지 않으면
나는 무서워

"제 이야기가 재미가 없는 것 같아요."

처음 상담을 받을 땐 상담자가 웃으면 더 신이 나서 말했다. 의식한 건 아니었지만 일주일 동안 힘든 일보단 재미있는 일을 먼저 이야기했다. 어느 날 상담 중, 버퍼링이 걸린 듯 내 말이 자꾸 끊겼다. 내가 하는 말이 지루하게 느껴지던 순간이었다. 상담자가 왜 말이 자꾸 끊기는지 물었다. 나도 이유를 몰라서 한참을 헤매다가 말했다.

"재미없는 이야기를 하려니 배가 아파요."

감정보다 몸의 감각이 먼저 느껴졌다. 긴장하면 배가 아팠다. 말하면서 내 몸이 굳어버렸다. 재미가 없는 말을 하려니 두려움이 찾아온 것이다. 당시 상담자의 질문에 자꾸 감정이 느껴지지 않았다. 머리는 텅 빈 듯 멍해지고, 굳은 몸이 대신 말했다. 어깨와 배의 통증은 점점 심해졌다. 자꾸 내가 도망가는 것 같았다. 평소에도 사람들이 하는 무거운 이야기는 집중해서 듣지 못했다. 재미없을 때는 툭 하고 엉뚱한 이야기가 나왔다. 내 감정을 알고 표현하는 게 어려워서 일어난 일이었다.

"재미없으면 무슨 일이 생기기에 도망가려고 하는 거예요?"

상담자가 물었다. 내가 재미없는 사람이라고 생각해 보니 긴장과 두려움이 느껴졌다. 인정하기 싫지만 '매력'이라는 단어가 떠올랐다. 상담자와 이야길 하다 보니 "재미있는 사람이면 매력이 있다. 재미없는 사람이면 버림받는다."라는 게 연결됐다. 내가 재미있는 사람이 되려고 했던 건 버려지지 않기 위한 몸부림이었다니 충격이었다. 상담자도 재미없는 나를 멀리할 거라 여겨져 순간 멍해지고 몸이 굳었던 것이었다. 멍해진다는 건 극심한 공포반응이었다.

"본인으로 있을 수가 없네요. 사람들이 좋아하는 지현 씨의 모습은 재미있는 거로 생각했네요."
"본연의 내가 뭔지 모르겠어요."

동네언니의 상담일기

상담자에게 울먹이며 말했다. 본래의 내 모습이라니 혼란스러웠다. 순간 감정이 느껴지지 않았다. 그리고 생각이 많아졌다. 그동안 실없는 농담을 하고 집에 오면 괴로웠다. 재미있는 말이 실수로 이어지는 경우가 많았다. 그 순간 1년 반 전 인주가 했던 말이 떠올랐다.

"지현아, 자꾸 억지로 웃기려고 하는 거 같아."

모임에서 웃기려는 내 모습을 본 인주와 지민 두 사람이 이야기를 나눴다고 했다. 그 말을 듣자, 수치심에 얼굴이 화끈거렸다. 나를 두고 뒷담화했다는 생각에 모임에 나가고 싶지 않았다. '내가 정말 재미있게 굴려고 했나?', '재미있다고 좋아할 때는 언제고, 저런 이야기를 나 없을 때 나누다니…' 민망함과 화가 뒤엉켜 괴로웠다. 웃기려 애쓰는 내가 불편하다고 말하는 것 같았다. 이후 인주를 마음에서 멀리하게 되었다.

사람들의 마음에 들기 위해 노력하는 사이 본연의 나를 잃어갔다는 사실에 슬픔이 찾아왔다. 다른 사람이 나의 본모습을 알면 떠날 거라는 두려움을 가지고 있었다는 것도 슬펐다. 그런 나를 감추기 위해 포장한 방법이 재미였다는 사실에 충격을 받았다. 오랜 시간 재미라는 가면을 쓰고 살다 보니 내가 재미있는 사람이라 여기며 살았다. 그날 자아를 찾으려 하자 본연의 나는 느껴지지 않았다. 괴로움에 눈물이 흘렀다. 지금까지 남을 의식하고 살아왔다는 걸 깨달았다. 상담자조차 나를 떠나갈까 봐 재미있게 하려고 노력했다는 것을 알아차렸다. 나는 안전한 순간에도 버림받을까 두려워했음을 깨달았다.

번개처럼 본 모습으로 있을 때 큰어머니께 학대받는 순간이 떠올랐다. 본 모습을 드러낼 때 혼나고 비난받았다. 재미로 도망갔던 것은 학대의 흔적이었다. 어릴 때부터 상대의 웃는 표정에 민감했다. 내 말에 웃는 사람은 나를 괴롭히지 않았다. 큰어머니가 내 말에 웃을 때 안심이 됐다. 그 덕에 사람들 앞에서 기죽지 않는 근성을 갖게 됐다. 하지만 본연의 삶을 살아가는 데 큰 방해가 되고 있음을 알아차렸다. 관계에서 경험되던 재미가 상담에서도 반복되고 있음이 느껴졌다. 상담자의 질문을 따라가며 중요한 나를 만난 시간이었다.

몸으로 기억하는 트라우마이기에 이를 치유하기 위해선 몸이 안전함을 느낄 수 있어야 한다. 중요한 생존전략인 재미는 한두 번의 상담으로 금방 사라지지 않는다. 적재적소에 잘 쓴다면 재미는 재능이다. 하지만 재미만을 추구한다면 본연의 나는 사라진다. 이후 고통스러운 말을 해도 상담자가 흔들리지 않고 관심을 가지고 묻고 들어준다는 것을 느꼈다. 이제는 재미있지 않아도 괜찮다는 것을 조금씩 배워가기 시작했다. 친구들과도 재미를 위해 애쓰지 않아도 된다는 것을 알았다. 진지한 대화 가운데 삶의 진정한 기쁨이 있음을 배우고 있다.

화를 내는 게
어려워요

"지금 마음이 어떠세요?"

지금도 상담을 받을 때 자주 듣는 질문이다. 상담 초반에는 대답하기 너무 어려운 질문이었다. 누가 들어도 화난 목소리로 말했을 때 상담자가 물었다.

"지금 어떤 감정이 느껴지세요?"
"그냥 그랬구나…. 내 감정은 모르겠어요."

내가 화를 내고 있다는 걸 알지 못해서 한 말이었다.

혹은 상담자의 질문을 듣지 못하고 엉뚱한 말을 하기도 했다. 화를 인식하는 것이 너무 어려웠기 때문이었다. 부정적인 감정을 모두 차단했기 때문에 "화가 났어요."라고 말하는 것도 오랜 시간이 걸렸다. 그나마 화가 났을 때 최선을 다해 선택한 대답이 "불편해요."라는 말이었다. 누군가에게 화가 났다는 걸 느끼는 게 정말 어려웠다.

화는 침범당했을 때 생기는 감정이다. 내가 국경을 가진 나라라고 생각해 보자. 이웃 나라에서 허락 없이 내 국경선을 침범할 때 울리는 경보장치가 '화'다. 화를 느끼지 못한다면 누군가 계속 경계를 침범해도 알 수 없다. 그 상태가 지속되면 결국 나를 잃어버리게 된다. 나를 지키기 위해선 화를 느낄 수 있어야 한다. 하지만 화를 냈을 때 공감받지 못하면 감정을 믿을 수 없게 된다. '화가 난 내가 이상한 건가?' 의심이 생길 수 있다. 처음 상담을 받을 때는 감정을 인식하고 이름을 붙이는 데 시간이 오래 걸렸다.

"누구에게 화가 나셨어요?"

워크숍에 참석했을 때였다. 나눠준 인쇄물에 조금만 생각하면 나라고 떠올릴 수 있도록 정보가 드러난 상황이 당황스러웠다. 당시 워크숍 내내 불편함이 들어 말하는 게 어려울 지경이었다. 상담자와 이야기를 나누면서 화를 인식하지 못하고 엉뚱하게 말하고 있었다. 한 시간 내내 감정을 찾지 못하자 그때 느낀 감정은 화라고 상담자가 알려주었다. 하지만 누구에게 화가 났는지 찾는 과정에서 또 어려움이 느껴졌다. 그래서 길을 잃은 아이처럼 함께 참여한 동료의 이름을 들먹였다. 동료의 잘못은 없었다. 평소 가장 만만하게 느끼는 대상이었을 뿐이었다. 그렇게 말하는 사이 속은 더 답답해져만 갔다. 동료에게 화가 난 게 아니었기 때문이다. 화는 방향과 에너지가 있다. 화가 난 대상이 누구인지 정확하게 알아야 한다. 그래야 화가 바른 방향을 향할 수 있기 때문이다.

"화에 대해서 어떻게 생각하세요?"

화에 대해 한 걸음도 더 나아가지 못하자 상담자가 물었다. 상담을 받으며 화를 내고 있다고 인식하는 것부터가 어려웠다. 경계에 대한 느낌이 없는 것도 문제였다. 평소 다른 사람이라면 기분 나빠했을 침범도 내게는 '화'라는 경보로 울리지 않았다. '나'를 잃었고, 국경이 흐려졌기 때문이었다. 선을 넘는 강도가 심해야 경보가 울렸다. 그럼에도 당사자에게 "나 화났어."라고 말하는 건 상상할 수 없었다.

평소 나는 화를 잘 내는 사람이라고 생각했다. 짜증도 많고, 가끔은 급발진하며 화를 냈다. 나의 화는 1단계에서 2단계로 점진적으로 올라가는 화가 아니었다. 1단계에서 바로 10단계로 치솟는 느낌이었다. 화를 내고 나면 더 힘들어졌고, 그 화는 주로 만만한 사람들에게 향했다. 이로 인해 가족들은 많은 상처를 입었다. 이런 이유로 화를 위험하게 생각하게 되었다. 화가 날 상황에서도 상대를 이해하려 애썼고, 화낼 용기가 없어서 상대를 좋게 보거나 긍정적으로 생각하려 애썼다.

화를 10단계에서만 인식하니 10단계로 화를 내는 건 당연한 일이었다. 나의 화를 섬세하게 알아차려야 했다. 1단계에서부터 인식하는 과정이 없으니 폭발하는 화는 당연한 부분이었다. 롤프 도벨리의 책 『불행 피하기 기술』에서 말한 것과 같이 나는 나라를 지키는 외교관의 마음으로 국경을 인식하고 지켜야 한다. 나라를 침범당했을 때 외교관은 작은 침범에도 외교적 노력을 한다. 나를 지키기 위해서라도 화라는 경보장치를 다시 켜는 노력을 해야 했다. '화'라는 감정을 의심하기 시작하면 정말 화를 내야 할 상황에서도 표현할 수 없다.

우리의 감정은 몸에서 먼저 나타난다. 몸을 느끼면 내가 어떤 감정을 느끼고 있는지 알 수 있다. 나의 화는 주로 목에서 느껴졌다. 목이 부풀어 오는 느낌이 들면 그것은 내가 화가 났다는 신호였다. 상대가 침범한 수준에 따라 화의 에너지도 달라진다. 상대의 침범 수준에 따라 나의 외교적 노력도 달라진다. 침범이 심할수록 전쟁 수준의 화를 내야 할 수도 있다. 가벼운 침범에서 감정을 느낄 수 있다면 가벼운 말로 나를 지킬 수 있다. 그러면 큰 화로 전쟁을 치러야 할 일이 줄어든다.

장시간 부정적 경험을 하게 되면 정상적인 행동에 대한 기준이 없어서 자신이 선을 정할 수 있다는 걸 배울 수 없다.[11] 학대자에게 화를 낼 수 없고, 또 화를 내도 수용받은 경험이 없기 때문이다. 상담자는 당연히 느낄 수 있는 화라도 왜 화가 났는지 물어주었다. 이를 통해 나만의 화난 이유를 찾을 수 있었다. 또 상담자는 질문을 통해 내가 느끼는 감정을 섬세하게 구분해 갈 수 있도록 도와주었다. 감정에 이름을 붙이고 말할 수 있으면 서로 엉겨 붙어 터질 듯 부풀어 오르던 마음이 가라앉았다. 이 경험으로 처음에는 화로만 인식되던 감정들이 점점 분화하기 시작했다. 화에서 서운함, 불편함, 억울함 등 다양한 이름이 붙여졌다. 이렇게 내가 느낀 감정에 대해 공감하고 이해할 수 있도록 알아가는 시간이었다. 이런 과정에서 상담자는 내가 느끼는 감정이 정당하다고 지지해 주었다.

이제는 화에 대한 감정을 어떻게 할지 선택할 수 있다. 나는 학대를 받으며 화를 제대로 내는 어른을 본 적이 없었다. 그러다 보니 적절한 화에 대한 감각을 갖추지 못했다. 잘못이 아닌 일에 10만큼의 화를 내는 모습만 보았기 때문이다. 이는 화를 내면 관계가 깨질 것이라는 극단적인 상상을 하게 되어 화내는 것이 더욱 어려웠다. 화를 못 내는 것과 안 내는 것은 엄연히 다르다. 상담을 통해 그동안 바깥에서 난 화를 남편에게 쏟아부었음을 알게 되었다. 가끔은 서운함을 화로 표현할 때도 있었다. 또 아버지에게 난 화를 어머니에게 쏟아붓고 있었음을 알게 되었다. 이렇게 1단계에서 10단계 수준의 화의 방향과 에너지를 구분하니 어지럽게 널려 있던 화라는 짐들이 차곡차곡 정리가 되었다.

나를
보호하는
수동공격

20년 8월 상담을 통해 내가 사람들에게 간접적으로 공격하고 있음을 알게 됐다. 심리학에선 이를 수동공격(passive-aggression)이라 한다. 대학원에 다닐 때 방어기제 검사를 했다. 그때 내가 수동공격을 10% 정도 사용한다는 결과가 나왔다. 검사 결과지를 통해 알았을 때는 별다른 느낌이 없었다. 그런데 상담에서 수동공격을 직접 하고 있을 때를 알게 되니 충격으로 다가왔다. 그동안 조금은 성숙해졌다고 생각했기 때문이었다. 평소 실수에 대한 두려움을 크게 느꼈다. 내가 화가 났을 때 상대에게 수동공격을 한다는 게 잘못하고 있다는 말로 들려 크게 불안해졌다.

모든 방어기제는 무의식적으로 이루어진다. 하지만 수동공격을 한다는 게 내가 의도하고 사람들을 공격했다는 말로 들렸다. 남들은 다 알지만 나만 모르고 있던 문제를 알게 된 느낌이었다. 빠르게 수동공격을 도려내고 싶었다. 상담자에게 떼를 쓰듯 말했다.

"선생님, 수동공격을 빨리 없애고 싶어요. 제 수동공격을 없애주세요."

그 말에 상담자는 "화를 내는 게 왜 위험하냐?"라고 먼저 물었다. 어릴 때 화가 나면 폭발하는 장면이 떠올랐다. 어머니와 오빠에게 물건을 던지며 화를 낸 적이 많았다. 9세 때였다. 체격이 아주 컸던 옆집 아저씨에게 욕을 한 적도 있었다. 내가 화내는 모습을 떠올리니, 마치 용이 온 마을에 불을 뿜어내는 이미지가 떠올랐다. 화라는 감정은 나에게 위험하게 느껴졌다.

30년 지기 친구 상희와는 평소 비밀이 없었다. 무슨 이야기든 다 나누는 친구였다. 같은 상담자에게 상담받으며, 서로 화가 난다면 꼭 말해보자고 약속했다. 그 무렵 상희에게 화가 난 적이 있었다. 하지만 상희에게 화가 난다고 말하는 것도 긴장돼서 온몸이 굳어버렸다. 한번도 화가 났을 때 제대로 말한 적이 없었다. 욱~ 하며 말하고 나면 흥분감에 목소리가 떨리고 얼굴이 빨개졌다. 그래서 화라는 감정을 피할 수밖에 없었다.

"지현 씨는 이 수동공격을 어떻게 하고 싶으세요?"
"수동공격을 완전히 없애고 싶어요."
"잠깐만요. 아직은 수동공격이 지현 씨인데 자신을 없애겠다고요?"

상담자의 말에 화가 났다. '내가 수동공격이라니….' 나를 교활한 사람,

구제 불능이라고 말하는 것 같았다. 수동공격을 1분이라도 빠르게 그만두고 싶었다. 조급함에 방법만이 궁금했다.

"수동공격으로부터 얻은 유익을 이야기해 보세요."

상담자의 질문에 처음엔 생각나는 게 없었다. 수동공격이 온통 문제로만 느껴졌기 때문이다. '수동공격이 나에게 무엇을 도와줬을까?' 생각하니 나를 안전하게 지킬 수 있었다는 것이 먼저 떠올랐다. 나는 화가 났다고 직접 표현하는 게 무서웠다. 화를 낸다면 30년 지기 친구 상희마저 나를 버릴 것 같았다. 또 다른 유익은 평소 나를 불편하게 만드는 사람에게 거리를 두고 복수할 수 있었다는 점이다. '모르겠다.'라는 표현도 수동공격에 해당된다. 어린 시절 큰어머니나 아버지가 나를 추궁할 때 "모르겠어요."라고 말하며 나를 보호했다. "모르겠어요."라고 말하면 덜 혼났다. 힘이 없을 땐 간접적으로 화를 표현했기에 버림받음과 학대를 피할 수 있었다.

"지현 씨가 수동공격인데 없애시겠다고요?"라고 말한 건 나를 지켜주는 생존전략을 다른 전략도 없이 없애겠냐는 뜻이었다. 수동공격은 화를 표현하지 못할 때 존재를 대신 말해주는 행위다. 누군가 부당하게 대할 때 대처가 어려운 사람들은 수동공격을 없애기 어렵다. 아무리 미성숙한 방법이라도 방어기제는 나를 보호하기 위해 존재한다. 그동안 내가 말하지 못할 때 대신 말해준 수동공격에게 고마움을 느꼈다.

나의 화를 인식하고 표현할 수 있을 때 수동공격은 자연스럽게 사라진다.

물론 화를 알아차리고 상대에게 표현하는 건 늘 평화로운 건 아니다. 그동안 참아왔던 화를 표현하면 상대가 불쾌감에 거품 물고 쓰러질 수 있기 때문이다. 특히 이 관계가 익숙할 때 더 심하게 일어난다.

누군가 자신을 공격할 때 참는 건 자신의 경계선을 포기하는 일이다. 경계를 침범해 들어오는 사람에게 선 넘었음을 표현해야 서로를 보호할 수 있다. 내가 화가 났을 때 표현하지 못한다면 수동공격이 나설 것이다. 수동공격을 하는 사람은 의도가 없지만, 받는 사람은 묘한 불쾌감을 느낀다. 가족들과 이 주제로 대화를 나눴을 때 알았다. 가족들은 자주 내 눈치를 봤다고 말했다. 화를 제대로 인식하고 차분하게 표현하는 것은 양육에서 권위 있는 부모가 되는 과정이기도 하다.

이 상담을 통해 내가 목표만을 바라보고 있음도 알게 됐다. 나를 보호해 주는 측면을 보지 못했다. 나의 일부라도 마음에 들지 않으면 지우기에 급급하다는 걸 알게 됐다. 나를 보호하는 수동공격부터 없애려고 했다. 천천히 가야 한다는 걸 알았음에도 다시 속도를 내려 했다. 수동공격을 사용할 수밖에 없었던 나를 인정하고 공감해 준 상담자 덕에 힘을 얻었다. 스스로

수용하지 못했던 미성숙한 모습마저 괜찮다는 상담자의 말에 안정감을 찾

았다.

나와의
만남을 방해하는
수치심

"수치심이 있으시네요."

상담자가 내게 말했다. 대인관계에서 잘못했다고 느껴지면 도망가는 버
릇이 있었다. 상대의 질책에 발작하는 것과는 또 다른 모습이었다. 상대가
아무리 부드럽게 말해도 내가 잘못했다고 인정이 되면 부끄러움에 숨고 싶
어졌다. 모임에서 지은이에게 평가적으로 말했을 때도 그랬다. 잘못했다는
생각에 이후 한동안 사람들을 피하고 싶었다. 상대가 먼저 따뜻한 목소리
로 연락해 줄 때만 안심이 됐다.

어릴 적 받은 학대는 내게 수치심을 남겼다. 부정적 경험을 한 대부분의
사람은 뿌리 깊은 수치심이 함께 자란다. 수치심은 빙산 같다. 드러난 모양
은 작지만, 밑은 알 수 없을 만큼 큰 덩어리가 자리하고 있다. 상담을 받지
않으면 수치심이 어떻게 자리 잡고 있는지 알 수 없다. 수치심이 있으면 내

존재가 잘못됐다고 여기기에 무겁고 아프다.

수치심은 인간의 핵심 감정으로 죄책감과는 구별된다. 죄책감은 내가 잘못한 일이 있다고 생각해서 자기 잘못을 고치려 노력한다. 하지만 수치심은 자신이 잘못된 존재라고 믿는 감정이다. 예를 들어 누군가에게 실언했다고 생각해 보자. 죄책감은 실언한 부분을 반성하고 고치려 노력한다. 하지만 수치심이 있는 사람들은 실언을 하는 자신이 잘못된 존재라 믿어버린다. 실언했다는 이유로 자기 존재에 대한 부끄러움을 느껴 이후 사람들을 피하려 한다. 잘못된 존재임이 들켰다는 마음에 불편함이 극대화되기 때문이다. 수치심이 극심한 사람들은 어차피 자신이 나쁜 사람이라고 생각해서 죄책감 없이 나쁜 행동을 하기도 한다. 내 존재는 어차피 잘못됐으니 자포자기하는 심정으로 살아가는 사람들이다.

수치심은 어릴 때 생긴다. 아기들은 길에서 기저귀를 갈아도 부끄러워하지 않는다. 수치심이 없기 때문이다. 하지만 길에서 소변을 보는 게 부끄럽다고 아는 건 성장하며 건강한 수치심이 자라기 때문이다. 수치심을 연구한 학자 브레네 브라운의 책 『수치심 권하는 사회』에서는 생각보다 많은 사람이 수치심으로 괴로워하고 있다고 한다. 수치심은 다양한 원인에서 생겨난다. 특히 권위자의 "ㅇㅇ을 해야만 한다."라는 말이 내사됐을 때도 수치심을 느낄 수 있다.

어릴 때 큰어머니는 '처녀성'을 무척 강조하는 사람이었다. 그런데 나는 이미 너무 어린 나이에 처녀성을 잃은 후였다. 큰어머니가 처녀성을 강조하며 교회 오빠들과 가까이하지 못하도록 했을 때 마음의 짐이 매우 컸다. '평생 결혼은 못 하겠다.'라고 생각하며 오랜 시간 지냈다. 이런 부분은 내 존재가 잘못됐다는 마음을 가지게 했다. 특히 '성(性)'에 대해서 상담자와 말하는 게 어려웠던 이유도 수치심 때문이었다. 수치심으로 왜곡된 나를 만나는 것만으로도 진전이었다.

　수치심이 있으면 본연의 나를 감추기에 급급해진다. 잘못된 존재임을 들키면 버림받게 될 거란 극심한 두려움이 생기기 때문이다. 상담자와의 대화에서 자꾸 대화가 끊기고 엉뚱한 이야기를 해 버렸던 것은 수치심과 연결되어 있었다. 수치심을 가리기 위해 여러 가지 행동을 했다. 수치심이 없는 척 무엇이든 마음의 몸짓을 부풀리기 위해 최선을 다했다. 까마귀가 예쁜 새 뽑기 대회에서 우승하기 위해 다른 새의 털을 모아 꾸몄던 모습이 생각났다. 수치심이 없는 사람처럼 행동하거나 진짜 나를 드러내지 않기 위해 나의 일부만 보여주기도 했다.

"저 강의 잘해요."

"나도 그거 해봤는데~"

"나 이번에 상 받았어."

나는 수치심의 뿌리가 깊은 사람이다. 존재를 가리기 위해 사람들에게 나를 드러내는 말을 자주 했다. 다른 사람들이라면 하지 않을 자랑을 깨알같이 쏟아내곤 했다. 내가 조금이라도 잘하면 과하게 자랑했다. 수치심을 감추기 위한 전략이었다. 자녀들에 대한 자랑이나 아는 사람을 이야기하기도 했다. 다른 사람들의 인정을 늘 목말라했다. 또 "나 이런 사람이에요."라는 메시지를 담은 말을 쉽게 했다. 당시 함께 공부했던 사람들은 내가 "잘한다."라고 말할 때마다 농담으로 여겼다. 그때를 생각하면 너무 부끄럽지만 나는 진!심!이었다.

"추앙이 필요해요, 추앙받아야 채워질 것 같아요."

JTBC 드라마 〈나의 해방일지〉에서 "나를 추앙해요."라는 말을 들었을 때 이후 계속 생각났다. "사랑으론 안 돼. 추앙해요.", "난 한 번도 채워진 적 없어."라고 말하는 주인공의 대사에 여운이 남았다. '나도 누군가 추앙해 주면 좋겠다.'라는 생각이 들었다. 드라마를 본 후 상담자에게 가서 이 에피소드를 말했다. 상담을 받으며 알게 된 건 추앙 수준으로 "잘하고 있다."라는 말을 듣고 싶어 한다는 점이었다. 평소 스스로 잘하고 있다는 믿음이 없었다. 그래서 상담자가 칭찬해 주길 간절히 바라고 있었다.

"지현 씨는 잘못한 사람이네요. 칭찬을 들어야만 존재가 들키지 않아서 안심한다는 말 같아요."

내 말을 들은 상담자가 말했다.

칭찬을 듣지 못하면 늘 불안했던 이유를 알게 됐다. 어릴 땐 아무리 생각해도 "잘한다."라고 칭찬받지 못할 것 같았다. 그래서 거울을 보며 '스스로 잘한다.'라고 말하곤 했다. 하지만 내 존재를 믿는 마음에서 나온 말이 아니었다. 그렇게라도 해야 견딜 수 있을 것 같았다. 내면 깊은 곳에선 잘못됐다는 비난의 목소리가 늘 따라다녀서 거기에 대응해 나온 이야기였을 뿐이었다. 내면 깊이 만남을 통해 공감하고 용서의 과정이 필요한 시간이다.

세 번째 상담일기

진짜 '나'를 찾는 시간

"지현아, 많이 무섭고 수치스러웠지.
넌 혼자가 아니야. 내가 함께 있을게."

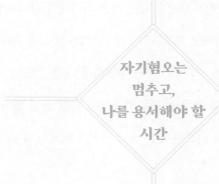

　직장 생활을 할 때였다. 팀장을 포함한 4명의 팀원이 함께 제주도를 갔다. 2박 3일 동안 같이 움직이는 일정이었다. 제주도에 도착한 첫날 숙소에서 팀장과 작은 의견 충돌이 있었다. 사소한 충돌이었지만 팀장은 마음이 상했는지 나를 따돌리기 시작했다. 내가 하는 모든 말에 대꾸하지 않았고, 팀원들에게 의견을 물을 때도 나를 배제했다. 그때 얼마나 힘들었던지 탈모와 건강에 문제가 생겼다. 이후 극심한 괴로움에 예상한 시기보다 빨리 회사에 사표를 냈다. 시간이 흘러 그 팀장에게 전화가 왔다. 나는 감정불능증이 있음에도 팀장의 전화 목소리를 듣는 순간 소름이 끼쳤다. 혐오감을 느끼는 사람에게는 본능적으로 위험을 감지한다. 그래서 아무리 노력해도 혐오감을 느끼는 대상과 가까이하기 어렵다.

　상담을 진행하며 내 자신을 혐오하고 있음을 알게 되었다. 그 마음이 얼마나 깊은지 혐오의 실체를 찾아가기까지 매우 오랜 시간이 걸렸다. 이전까지 나를 혐오한다고 전혀 느끼지 못했던 것은 자기애가 있다고 생각했기 때문이다. 평소 혼자 식사해도 대충 먹는 걸 싫어했다. 집에 혼자 있는 날이면 최고급 소고기를 구워 먹기도 했다. 대접하듯 나를 대했다. 시댁에서 남자들이 먹고 난 다음 그 상에서 밥을 먹으라고 하면 화가 났다. 온전한 나의 혐오스러운 이미지를 떠올린 것은 상담 만 2년 차가 지날 때였다.

"내가 끈적하고 까만 타르같이 더럽게 느껴져요."

그 무렵 상담에서 성(性)은 자주 다루던 주제였다. 상담 초기엔 성에 대해 쉽게 말할 수 있었다. 과거 사람들과 성적인 농담을 해도 아무 감정이 없었다. 하지만 시간이 지날수록 상담자와 성에 대해 말하는 게 점점 어렵게 느껴졌다. 성에 대해 말하면 온몸이 굳을 정도로 긴장이 되었다. 이 불안을 빨리 해결하고 싶었다. 상담을 받으며 내게 성에 대해 '아름답다.'와 '더럽다.'라는 두 가지 상반된 잣대가 있음을 알게 됐다. 기본적으로 성은 신이 인간에게 준 즐거움이라 생각한다. 그래서 타인의 성에 대해서 평가하려는 마음이 없었다. 하지만 나는 성적으로 타락한 죄인이고, 더러운 사람이라는 인식이 있다는 것을 알게 됐다. 성에 대한 이중 잣대를 인식하고 깜짝 놀랐다.

친정에 갔을 때였다. 어머니가 내 몸을 보는 게 너무 싫고 혐오스러웠다.

상담자는 혐오감이 나에 대한 투사임을 말해줬다. 처음엔 이해가 되지 않았다. 시간이 지나 점점 내 몸에 대한 이미지가 떠올랐다. 내 모습을 그려보니 끈적한 타르의 색처럼 새까맣고 더러운 사람으로 느껴졌다. 4세 무렵부터 시작된 성추행이 자연스럽게 성에 대한 놀이로 발전했다는 것이 문제였다. 처음엔 피해자였지만 이후 성관계를 원했다는 죄책감과 수치심이 깊게 뒤엉켜 나를 혐오하는 감정으로 자라갔다. 어릴 때 나를 떠올리니 '끔찍함'이 느껴졌다. 혐오가 얼마나 극심한지 알게 됐다. 수치심은 부끄러워하는 거라면 혐오는 끔찍하게 싫어하는 마음이다. 수치심은 자신을 숨기려 하지만 혐오가 있을 땐 자신에게 적개심을 가지고 해치려는 마음이 생긴다. 성피해를 입은 사람들이 자살이나 자해 시도가 많은 이유도 여기에 있다.

상담자와 이야기를 나눌수록 더러운 피고름이 온몸에서 흘러내리는 기분이 들었다. 더러워서 존재를 감추려 했던 마음을 상상할 수 있었다. 그동안 나도 이해하지 못할 행동들이 많았다. 트라우마는 존재를 여러 갈래로 파편화되게 만든다. 이런 **자신에게 향한 혐오는 자기소외를 일으킨다.** 소외된 자기는, 차가운 공간에 혼자 남겨진 텅 비어버린 마음의 고통을 안고 산다. 이것이 내 영혼이 길을 잃게 만든 원인이었다. 하지만 또 한쪽의 나는 이런 모습을 감추기 위해 필사적인 노력을 해 왔음을 알게 되었다. 보호하기 위한 노력이었다. 이를 들키면 사람들에게 버림받을 거라 여기며 철저히 나를 분리하며 지내왔음이 느껴졌다.

"이런 더러운 나를 감추기 위해 어떤 노력을 하고 살았어요?"

상담자가 물었다. 과거에는 명품으로 나를 감추려 노력했다. 하지만 곧 명품으로는 내 더러움이 가려지지 않는다는 것을 깨달았다. 7세 때부터 나는 예쁘고, 부자인 친구, 공부 잘하는 친구들이 좋았다. 7세의 내가 부자인 친구를 알아보고 가까이 지내려 했다는 게 의아했었다. 지금 생각하면 나의 더러움을 감추기 위한 전략이었다. 그 외에도 '내 의사 친구 은선이'라며 힘 있는 친구의 직업을 더 부각하거나 남의 이야기를 많이 한 것도 나의 더러움을 감추기 위한 전략이었음이 느껴졌다. 나를 혐오했던 마음과 지금까지 문제라 생각했던 모든 게 연결되어 있었다.

이젠 진심으로 나를 용서해야 할 시간이었다. 내가 채규만 교수님의 책 『성피해 심리치료』를 읽고 '내 잘못이 아니라는 말'을 듣고 싶었던 이유를 더 깊게 체감하게 됐다. 내 잘못이 아니었음에도 나를 철저하게 피하고 살아왔던 지난 시간이 마음 아프게 다가온다. 자기를 용서하는 건 안다고 가능한 문제는 아니었다.

혐오하며 무의식적으로 피해 왔던 나를 만나기 위해 다시 한 걸음 나아가야 한다.

상담자는 그게 진짜 내가 아니라고 말해줬다. 생각 속의 나였다. 물론 의식한 건 아니었다. 하지만 정확하게 떠오른 내 이미지를 말하고 나니 오히려 편하게 나를 대할 수 있었다. 더럽다고 느끼는 건 그저 내 생각일 뿐이었다. 하지만 그를 들키지 않으려 노력해 왔던 시간을 되돌아보니 아찔해졌다.

힘 있는
존재가 되고 싶었던
마음

7세 유치원에 다닐 때였다. 유치원에서 부자인 친구들이 눈에 띄었다. 7세인 내가 부자라는 걸 어떻게 구별했을까? 그건 알 수 없으나 어릴 때부터 나는 힘 있는 사람들이 좋았다. 어린 내 눈에 힘이 있는 사람은 예쁘거나, 공부 잘하거나, 부자인 사람들이었다. 내가 다닌 유치원엔 부자인 친구들이 많았다. 그때 친구들 틈에서 초라함을 느꼈다. 유치원 때 사진을 보면 반항기 가득한 표정이 보인다. 어린 나이부터 친구들을 골라 사귄 게 의아했다.

"내가 사람들을 골라 사귀었어요."

상담자에게 말하고 나니 긴장감에 즉시 배가 아팠다. 아무리 생각해도 비열한 사람인 것 같았다. 하지만 너무나도 이상했다. '어린 나이에 어떻게 알고?' 학창 시절에도 일관성은 유지했다. 공부를 잘하거나 부자인 친구, 예쁜 친구, 반장들을 좋아했다. 하지만 초등학교 때까지는 구애가 받아들여지지 않았다. 당시엔 두드러진 따돌림은 아니었다. 하지만 놀이에서 배제되는 경험을 했다. 스스로 초라함을 느껴 다가가지 못한 탓도 있었다. 그렇다고 그들하고만 가까이하려 노력한 건 아니었다. 반대로 가난하거나 공부를 못하는 친구와도 잘 지냈다. 극과 극의 조화였다.

"힘 있는 친구와 가까이하면 어떤 도움이 되세요?"

상담자가 물었다. '보호'라는 단어가 먼저 생각났다. 나를 혐오하는 마음이 강했음에도 또 하나는 필사적으로 나를 보호하고자 하는 욕구가 따라다녔다. 초등학교 2~3학년 때 큰어머니가 무서워 가출한 적이 있었다. 가출로 네 번 정도 갔던 곳이 경찰서였다. 경찰은 내 기준으론 힘이 있는 사람이었다. 경찰은 나의 어려움을 해결해 주지 않았지만, 살면서 경찰서가 옆집이었으면 좋겠다고 생각한 적이 많았다. 늘 위험을 예상했고, 위험한 일이 생겼을 때 바로 달려갈 수 있도록 경찰서 위치를 파악해 놓곤 했다.

반복해서 꾸는 꿈도 있었다. 누군가를 피해 도망가는 꿈이었다. 어릴 때부터 반복해서 꾸는 꿈이었다. 성인이 되고 난 후에는 꿈에서 곧잘 날아다녔다. 심지어 꿈에서 누군가에게 쫓기다가 '참! 나 날 줄 알지.'라고 생각하며 날아서 도망간 적도 있었다. 어릴 땐 '전쟁이 난다면.'이라는 상상으로 어디에 숨어야 할지를 찾았다. 집 뒤에 산이 있었고, 그 속에 굴을 파서 어떻게 숨어야 할지 고민한 적도 많았다. 집에서도 전쟁을 상상하며 숨기 좋은 장소를 찾으려 애썼다. JTBC 드라마 〈시지프스〉에서 나온 방공호는 내가 꿈꾸던 곳이었다.

"지현 씨의 삶을 보호라는 말로 다 표현해도 될 만큼 중요하게 느껴져요."

큰어머니는 새벽에 요란스럽게 초인종을 누르며 찾아올 때가 많았다. 또 잘 시간에 상관없이 전화하는 날도 잦았다. 찾아오는 시간은 늘 예측 불가능했다. 큰어머니는 내 눈에 힘 있는 사람이었다. 힘 있는 사람이 휘두르는 폭력에 대항하는 사람은 없어 보였다. 이런 환경에서 나는 힘을 동경했다. 어릴 땐 여군 장교가 되고 싶었다. 공부를 못해 포기했지만 힘을 갖고 싶었다. 어릴 적부터 통제 욕구도 무척 강했다. 내가 힘이 있어야 오빠도 엄마도 지킬 수 있을 거라 여겼다. 어릴 땐 덩치를 키웠다. 6학년 때 키가 166cm에 65kg이었다. 나를 건드리는 사람이 없었다. 그래도 싸움은 하지 않았다. 내게 힘 있는 사람은 싸움을 잘하는 사람이 아니었다. 예쁘거나, 공부를 잘하거나 부자여야 하는데 내겐 이 셋 모두가 머나먼 이야기였다.

상담을 받으며 힘을 추구한다고 말하는 게 나쁜 사람처럼 느껴졌다. '힘을 추구해야만 해.'라는 마음과 '그러면 비열한 사람이야.'라는 마음이 서로 싸우기 시작했다. 힘에 대해 말할 때마다 긴장감에 배가 아팠다. 그리고 힘을 추구한다고 말할 때마다 상담자에게 야단맞는 기분이 들었다. '힘을 추구한다는 건 욕심이야.', '힘을 추구하는 넌 도덕적으로 나쁜 사람이야.'라고 평가하는 마음도 강하게 들었다. 내가 왜 7살 때부터 힘을 추구하려고 했는지에 대한 이해나 공감은 없었다.

"무엇으로부터 보호받고 싶으세요?"

상담자가 물었다. 처음 떠오르는 단어는 '공격'이었다. 사람들이 나를 공격할 거라고 굳게 믿고 있었다. 4세 때 성추행 사건이 떠올랐다. 보호되지 않는 경험이었다. 어릴 때부터 강하고 힘 있는 사람이 되어야 공격을 당해도 보호할 수 있을 것 같았다. 그리고 힘이 있어야 사람들이 나를 함부로 대하지 않을 것 같았다. 힘 있는 사람들의 존재를 먼저 드러내며 친하다고 말하는 것도 마찬가지였다. 의식한 건 아니었지만 상담을 받을수록 사람들이 날 알면 공격하고 함부로 대할 거라 믿고 있음을 깨닫게 됐다. 의식 속에 나는 공격받아 마땅한 사람이었다.

초라한 나라는 인식도 있었다. 초라한 나를 함부로 대할 것 같은 마음이 들었다. 그래서 밥그릇 하나에도 예민해졌다. 스테인리스 밥그릇에 밥을 먹으면 초라함이 느껴졌다. 하지만 반대로 나를 함부로 대해도 된다는 메시지를 주기도 했다. 혐오하는 마음과 보호하려는 마음이 강력하게 삶을 지배하고 있었다. 스스로를 혐오하는 마음 때문에 사람들이 공격하면 당연하게 여겨졌다. 그래서 공격을 받으면 화를 느끼기보단 나를 방어하기 바빴다. 힘을 추구하는 것은 자신을 필사적으로 보호하려는 자아의 움직임이었다.

나를 혐오하는 마음을 너그럽게 바라볼 수 있어야 한다. 또 힘만을 추구하며 지내려 애쓰는 마음 또한 내려놓아야 한다. 상대를 대상화해서 바라보게 만들기 때문이다. 내가 힘을 갖춘다 해도 세상은 더욱 위험해질 뿐이다. 존재와 존재의 만남으로 이어질 때 나를 보호하려는 마음을 내려놓을 수 있다.

재은이와 함께 자마미섬의 바닷가에 갔을 때였다. 반대편에서 스노클링을 하고 온 재은이가 예쁜 물고기들이 있다며 보고 올 것을 권했다. 재은이의 말에 스노클링 도구를 착용하고 구명조끼를 입었다. 예쁜 물고기를 볼 수 있다는 반대쪽 백사장을 향해 갔다. 그때까지 수영은 못 했지만, 물에 대한 공포는 없었다. 재은이가 말한 그곳을 쳐다보니 맑은 물이라 고개만 숙여도 물고기를 볼 수 있을 것 같았다. 바다를 몇 미터쯤 걸어 들어가니 그곳을 가로지르는 30cm 정도 폭의 협곡이 있었다. 그곳은 살짝만 뛰면 건널 수 있을 것 같았다. 그래서 껑충 뛰었는데 몸이 뜨고 말았다. 한국인은 없고, 인적이 드문 바다에서 몸이 떠버리니 작은 파도에도 떠내려갈까 두려웠다. 이후 공포감에 숨이 쉬어지지 않았다. 죽지 않으려고 미친 듯이 팔을 휘저었다. 얼마나 지났을까 혹시나 해 바닥으로 팔을 뻗어보니 모래에 손바닥이 닿았다. 분명히 해 두지만, 다리가 아니라 손바닥이었다. 옆

드린 상태에서 팔을 반만 뻗어도 닿을 만한 얕은 곳에서 허우적거렸다. 당시 그곳에서 느꼈던 공포감은 10년이 지났지만 지금도 잊을 수가 없다.

이후 휴양지에서 스노클링을 할 수 있으면 좋을 것 같아서 수영을 배우러 갔다. 수영 강습 첫날 물에 뜨는 게 당연한 듯 강사가 외쳤다. "뜨세요." 나는 다리를 물에서 떠보려 애썼지만, 자꾸 몸이 굳었다. "물에 빠진 적 있으세요?"라고 강사가 물었다. 강사는 내게 한 달간 물에서 일어나고 앉기만 반복하게 했다. 물에 뜨는 것만 딱 한 달이 걸렸다. 팔 동작을 배우니 물에 또 가라앉았다. '난 광어인가?' 몸이 바닥에 가라앉기를 반복하며 수영은 두 달 만에 관뒀다.

일상에서도 비슷한 공포감을 느낄 때가 있었다. **실수했다고 느끼는 순간이면 늘 발이 닿지 않는 바다에 빠진 것 같은 기분이 들었다.** 누군가가 내게 잘못한 점을 말하면 그때부터 허둥거리며 과하게 사과했다. 또 누군가 말하지 않아도 스스로 잘못했다고 느끼면 하루 종일 마음이 무거웠다. **마치 야단맞기 직전 벌벌 떨고 있는 아이가 되어 버린 느낌이었다.** 상담 전엔 알지 못하던 내 몸의 감각이었다.

한번 몸에 새겨진 공포는 편도체에서 기억된다. 편도체는 생존을 처리하기 위해 복잡한 과정을 거치지 않는다. 위험한 곳을 지각하고 즉시 피할 수 있어야 생존에 유리해지기 때문이다. 문제는 편도체가 섬세하지 못하다는 점이다. 속담에 "자라 보고 놀란 가슴 솥뚜껑 보고 놀란다."라는 말이 있다.

한번 죽을 것 같이 놀라면 비슷한 정보만 봐도 똑같이 놀란다.

나는 잘못했다고 느껴지는 순간이 그랬다. 큰어머니의 학대는 잘못했다고 느끼는 순간 몸의 공포를 새겨주었다. 그래서인지 사람들의 표정에 특히 민감했다. 함께 있는 상대가 무표정해지면 온몸에 피가 통하지 않을 만큼 극심한 공포감이 느껴졌다. 특히 내게 화라도 낸다면 그 순간 깊은 물에 빠진 사람처럼 허우적거리는 느낌이 들었다. 상담자는 그때마다 내게 물었다.

"지금 마음이 어떠세요?"

"괜찮아요."

"다시 한번 몸을 알아차려 보세요."

"몸이 춥고, 등이 아파요. 아마 제가 무서운 것 같아요."

감정은 몰랐지만, 몸은 알고 있었다. 상담자의 말에 내가 잘못했다고 느끼면 몸이 반응했다. 그리고 순간 상담자의 말에서 듣지 못하는 부분도 있었다. 찰나의 세상이 사라지는 느낌이었다. **이를 극복하기 위해선 두려움을 견디는 방법부터 배워야 했다.** 예를 들어, 두려움의 극복은 수영에서는 물에 뜨는 법을 배우는 것과 비슷하다. 물에서 뜨기 위해서는 몸이 이완되어야 한다. 두려움이 들어도 물에서 생존 수영을 익히면 살아남을 수 있다. 두려움을 극복하고 물에서 뜰 수 있어야 수영을 배울 수 있기 때문이다. 수영을 배우며 물속에서 일어나고 서기를 반복할 때 같이 했던 게 음~파 연습이었다. 상담에서의 몸의 이완은 내 호흡을 알아차리는 것에서 시작되었다.

"지현아, 왜 이렇게 한숨을 자꾸 쉬어?"

6학년 때, 아버지가 말했다.

"아버지 저는 한숨이 아니라 한꺼번에 쉬는 거예요."

호흡을 알아차리니 아버지 말씀이 생각났다. 6학년 때 아버지와 갔던 여행에서 계속 한숨을 쉬었다. 당시엔 숨을 몰아서 쉰다고 생각했다. 그런데 아버지와 함께 있으니 긴장된 마음에 얕은 숨을 쉬어 산소가 부족할 때 깊은 한숨이 나왔던 것 같다. 호흡을 알아차리니 긴장할 땐 얕은 숨을 쉬고 있다는 것을 알아차렸다. 또 너무 두려우면 숨을 멈추고 있음도 알게 됐다.

두려움을 느끼는 순간 상담자의 안내를 따라 숨을 들이쉬고 내쉬기를 반복했다. 그리고 지금 여기에 보이는 것들을 보았다. 지금 여기를 보니 처음엔 무서웠던 환경이 조금씩 보이기 시작했다. 솥뚜껑을 보고 놀란 마음이 구분되었다. 점점 상대의 표정을 있는 그대로 바라볼 수 있었다. 과하게 울리던 오경보는 점점 옅어지기 시작했다. 호흡은 과거 학대의 흔적을 새로운 몸의 기억으로 바꿔 가는 첫 번째 과정이었다.

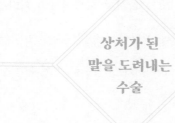

상처가 된
말을 도려내는
수술

21살 봄, 재봉틀 바늘이 부러져 내 손 중지 끝에 관통해서 박힌 적이 있었다. 단단히 박힌 바늘은 빼지 않으면 평생 내게 골칫거리가 될 터였다. 바늘을 빼기 위해 병원에 갔다. 박힌 바늘을 빼려면 마취 주사를 맞아야 했다. 그날 나는 주사를 맞지 않겠다고 병원에서 대성통곡을 했다. 그 사건은 매우 아이러니하지만, 네이딘 버크 해리스의 책 『불행은 어떻게 질병으로 이어지는가』를 읽으며 이해가 됐다. 책에선 어릴 적 학대 경험이 있는 아이들은 주사를 맞히려고 할 때 이해가 되지 않을 정도로 심하게 운다고 했다. 이유는 자신을 도우려는 사람을 겁주고 참견하는 사람으로 느끼기 때문이라고 한다. 그 날 기억은 중지에 관통해서 박힌 바늘의 통증이나 울었다는 부끄러움보다 주사를 맞아야 한다는 공포가 더 강하게 남아 있다.

상담에서도 비슷한 경험이 있었다. 상담을 시작한 지 18개월이 지났을 때였다. 전날 현진이가 고통스러운 일을 당했다며 전화를 부탁하는 문자가 왔다. 전화를 바로 한다는 게 수업을 듣다가 잊어버렸다. 하루 종일 기다린 현진이가 다시 연락해 왔다. 그 시간까지 힘들어하며 기다린 현진이에게 미안함이 느껴졌다. 점심시간에 연락할 수 있었지만, 그 시간 영화를 봤다는 죄책감이 더해졌다. 현진이에게 과할 정도로 쩔쩔매며 사과했다. 살인을 저지른 대역 죄인처럼 용서를 구했다.

평소에도 내가 잘못한 순간 그랬다. 상담자는 그 에피소드를 듣고 뭐가 미안한지 물었다. 하지만 무엇이 미안한지 답하지 못하고 회피하고 있었다. 마음을 묻는 상담자의 말에 편안하다고 답했다. 하지만 몸의 신호는 아니었다. 나도 모르게 양팔로 몸을 감싸고 있었다. 상담자의 질문이 무섭게 느껴진 순간이었다. 질문에 다시 엉뚱한 말을 하자 상담자가 말했다.

"잘못한 게 있으신 거네요."

그 말을 듣는 순간 다시 멍해졌다. 확실하게 잘못했다고 느낀 일엔 도저히 빠져나올 수 없는 깊이의 바다에 빠진 느낌이었다. 잘못했을 때 허우적거리듯 상대에게 쩔쩔매는 일이 잦았다. 18개월의 상담 기간에도 전날 일에 무엇이 미안하냐는 질문조차 겁먹고 대답하지 못했다. 그런 나에게 상담자가 작심하고 수술칼을 들었다. 물론 수술칼은 상담자의 날카롭게 벼려진 말이었다. 내 상처 치유를 돕기 위한 말이었다. 상담자의 패턴을 파악한

동네언니의 상담일기

나는 수술칼을 드는 순간을 알고 있었다. 그때 상담자의 말을 막으며 떼를 썼다.

"그 말씀 하지 마세요. 저는 안 들을 거예요."

"저는 선생님의 말씀이 싫어요."

"다 소용없어요. 저는 오늘 하지 않을 거예요."

소리를 지르며 강력하게 저항했다. 상담자는 내가 싫다고 표현하면 기다렸다. 한참을 기다리던 상담자가 조용히 말했다.

"가슴에 박힌 총알을 빼야 하는데 수술을 안 하겠다고 버티고 있어요."

응급실 앞에서 버티던 21살의 내가 떠올랐다. 몸이 기억하는 학대의 상흔을 치유해야 했다. 수술을 감행하려는 상황에서 상담자 앞에서 치료가 필요 없다고 난장을 부리고 있음을 알아차렸다. 물에 빠져 죽겠다고 허우적거리면서도 구명조끼를 들고 서 있는 구조대원을 나를 혼내는 사람으로 오해한 행동이었다.

"넌 잘못한 사람이야. 잘못한 너는 지옥에 떨어질거야."

과거에 큰어머니가 나를 때리며 했던 말이었다. 그 말이 총알이 되어 마음에 콱 박혀 있었다. 과거엔 그 상처가 어떻게 작용하고 있는지 알 수 없었다. 하지만 상담을 받으며 그 말이 내게 염증이 되어 기절할 듯 아픔을 주고 있음을 알게 되었다. **문제는 어른이 된 나는 학대자가 없음에도 잘못한 순간이 되면 내 자신의 학대자가 됐다는 점이다.** 상담자의 잘 벼려진 말은 수술실의 메스와 같다. 자신에게 하는 말이 얼마나 아픈지 알아차림을 주기 위해 상담자는 나라고 생각되는 인형에 대고 말하게 했다. 이를 통해 지금 **나를 놀라고 아프게 하는 사람은 내 자신임을 알게 되었다.**

"많이 놀랐구나. 충분히 이해가 돼, 그럴 수 있어. 실수해도 괜찮아."

상담자는 놀란 자신에게 말하는 방법을 알려주었다. 그리고 스스로 토닥토닥하는 이미지를 떠올려 보라고 했다. 이 말을 듣고 이후 상대의 말에 놀랄 때마다 나를 따뜻하게 안아주는 이미지를 떠올렸다. 놀라는 순간 토닥여 주는 것은 무서운 상황에서 상대의 말을 들을 수 있을 만큼 이완하는 데 도움이 됐다. 상담을 받으며 많이 좋아진 지금도 연습한다. 몸이 기억하는 학대의 공포는 쉽게 없어지지 않기 때문이다. 지금은 무서울 때 성인이 된 내가 가슴을 천천히 토닥이며 말한다.

"무서웠지, 내가 함께 있을게. 괜찮아."

2021년 5월 게슈탈트 상담심리학회의 '국제 학술대회'에 참여했다. 외국에 있는 상담자를 초대해 진행되는 행사였다. 게슈탈트 학회 행사의 독특한 점은 이론 교육 후 상담 시연을 직접 보여준다는 것이다. 당시 나는 상담 시연에 내담자로 지원했다. 미국의 40년 경력의 상담자 도로시 차일스가 초대되었다. 집단 상담으로 운영되는 방식이라 3일 내내 집단원으로 참여했다. 집단에서는 지금-여기에서 내가 느끼는 감정을 나누면 된다.

그러나 학술대회를 시작하자 긴장감이 밀려왔다. 손에 땀이 나고, 하루 종일 머리가 아팠다. 심장이 미친 듯이 뛰었고, 몸은 힘들다고 아우성을 치기 시작했다. 크게 긴장하고 있음을 알아차렸다. 하지만 무엇 때문에 긴장이 되는지 명확하지 않았다.

시간이 지나며 지금-여기에서 무엇을 느끼는지 말할 때마다 실수에 대한 두려움이 알아차려졌다. 말할 때마다 실수한 것 같아 눈치가 보였다.

200여 명의 지켜보는 사람들이 나를 비난할 것 같았다. 손에 땀이 나고 멍해졌다. 어딘가에 묶여 있는 사람처럼 마음을 표현하지 못하고 끙끙거렸다. 이러한 마음을 느끼니 몸과 마음이 모두 힘들었다. 21개월의 상담 기간이 지났음에도 학대 경험이 여전히 깊게 영향을 미치고 있다는 게 느껴졌다.

둘째 날 아침부터 눈물이 났다. 실수의 두려움이 점점 커지고 있었다. 실수에 대한 두려움을 주제로 도로시 차일스에게 상담받고 싶은 마음에 손을 들었다. 간절히 양보해 주길 바라는 집단원의 요청을 거절하며 '가위바위보'로 정하자고 했다. 함께 경쟁하던 집단원이 "내가 양보하고 싶습니다." 라고 말했다. 순간 겁이 나서 몸이 얼어붙었다. '사람들이 내게 욕심이 많다고 비난하면 어떡하지?'라는 두려움이 들었기 때문이다. 내가 얼어붙어 가만히 있자 진행자가 "그러면 가위바위보로 정할까요?"라고 했다. "양보해 주신 마음 감사히 받아들이겠다."라고 겨우 말하며 상담을 시작했다.

"사람들이 나를 욕심 부렸다고 말하며 비난할 것이 먼저 떠올랐어요."
"욕심부리면 비난받는다는 걸 누가 알려줬어요?"

도로시가 물었다. 그 순간 다시 큰어머니가 떠올랐다. 개 줄에 묶어서 끌고 갔던 그 사건이다. 잘못하거나 실수하는 순간 나를 비난하고 폭행했던 기억으로 연결되었다. 오랜 상담에도 다시 이런 상태가 되니 좌절감이 느껴졌다. 그 사건이 내 발목을 잘근잘근 부숴서 움직이지 못하도록 나를 주저앉혀 놓은 것 같았다. 평생 이렇게 살 것 같아서 무서워졌다. 양보하지 않고 욕심부리는 내가 잘못한 것 같았다. 그리고 사람들의 비난을 예상하며 공황 상태가 되었다.

도로시는 내게 빈 의자를 두고 큰어머니의 이미지를 그려보라고 했다. 그리고 빈 의자에 하고 싶은 말을 하라고 했다. 상상하는 것과 직접 말해보는 것에는 큰 차이가 있다. 빈 의자에 말하는 것은 위험이 자극되지 않고 마음을 표현하는 연습의 기회가 된다.

"나한테 왜 그러셨어요?"

빈 의자에 앉는 큰어머니를 상상하니 질문이 나왔다. 도로시는 질문이 상대방에게 변명하는 말을 끌어낸다고 했다. 도로시는 내가 학대당했을 때 느낀 감정을 말해보라고 했다.

"무서웠어요."

큰어머니를 향해 처음 한 말이었다. 떨면서 한 말이었지만, 큰어머니가 빈 의자에 앉아 있다고 상상하고 말하니 목소리에 힘이 생기기 시작했다. 도로시는 내게 화가 느껴진다고 했다. 그 순간 큰어머니와 싸우고 싶은 마음이 들었다. 어릴 때 나는 큰어머니에게 그 어떤 말도 할 수 없었다. 부모님도 당할 만큼 힘 있는 존재라 여겼기 때문이었다. 하지만 어린 시절 큰어머니를 이겨보려 경찰을 찾아갔던 일이 떠올랐다. 어린 시절 좌절되었지만, 지금은 성인이 되었음을 인식해야 했다. 도로시는 어린아이로 큰어머니를 만나지 말고 어른으로 큰어머니를 만나라고 했다. 도로시는 나에게 어른으로 큰어머니에게 할 말을 알려줬다.

"내가 실수했을 때 벌을 받기보다는 도움을 받을 수 있어요."

한 번도 생각해 보지 못했고 경험하지 못한 말이었다. 그동안 실수하면 도움이 아닌 가혹한 체벌만이 따라왔다. 그런데 이젠 실수하거나 잘못했을 때 배울 수 있다니, 그리고 도움을 받을 수 있다고 한 말에 머리를 세게 맞은 기분이었다. 잘못하면 도움을 받을 수 있다는 말은 이후 생각의 구조를 바꾸는 획기적인 말이 되었다. 그리고 그동안 실수했을 때 받았던 도움들이 떠올랐다. 이젠 내가 잘못하는 순간 배움을 생각한다. 그럼에도 가끔은 질책이 오면 멍해지긴 한다. 하지만 이 말을 꽉 붙들며 더 이상 중의적인 이야기에 놀라지 않게 됐다.

'지금 편안함을 느끼는 건 과거처럼 감정을 억압해서 그런 건 아닐까?'

상담 8개월 차였다. 경험했던 트라우마의 무게에 비해 빠르게 편안해진 게 의심이 들었다. 만약 억압으로 편안해진 마음이라면 진정한 치유는 이루어지지 않은 셈이었다. 빠른 치유를 위해 과거의 경험을 좀 더 적극적으로 떠올리기로 결심했다. 게슈탈트 상담은 내담자가 먼저 말하지 않는 과거 사건을 굳이 묻지 않는다. 그 점이 상담받는 내내 편안함을 줬다. 떠올려보면 이 상담 전까지 상담받고 싶은 주제를 정해 간 적이 거의 없었다. 습관처럼 내 과거를 피하고 싶었던 것 같다. 이제는 과거 상처를 적극적으로 떠올리고 치유하고 싶다는 마음이 들었다.

이런저런 생각 끝에 어릴 적 살던 동네를 찾아가 보기로 결심했다. 마음을 정하자 잠이 오지 않았다. 순간 네이버 지도 앱이 생각났다. 거의 바뀌지 않은 동네 풍경을 떠올리며, 지금도 가능하겠다는 마음이 들었다. 지도 앱을 켜서 어린 시절 살던 동네를 찾았다. 과거 개 줄에 묶여 끌려가던 곳을 사진으로 보며 어린 시절을 회상해 보았다. 내 뇌리에 트라우마로 박혀 있는 건 동네 한가운데 있던 버드나무였다. 버드나무는 이제 잘려서 없지만, 건물들은 그대로였다. 그렇게 개 줄에 묶여 끌려갔던 때를 떠올리며 상담을 받아보기로 했다.

어릴 때는 버드나무가 동네 한가운데 있어서 매일 볼 수밖에 없었다. 동네 사진을 보니 볼 때마다 괴로웠던 마음에 감정을 억압하고 차단하려 했던 기억이 떠올랐다. 사진을 보니 슬픔이 느껴졌다. 숨이 잘 쉬어지지 않았고, 다리는 불편감이 느껴졌다. 어릴 때부터 그랬다. 유독 다리가 잘 얼어붙었다. 1시간 앉았다 일어나면 걷기가 힘들 만큼 차가워졌다. 그날 사진을 보고 나니 침대에 누워 있었음에도 다시 다리가 얼어붙었다. 수면 양말을 신고 이불을 두 개씩 덮어도 한기가 가시지 않았다. 밤새 잠을 설치고 상담실에 갔다.

"그 버드나무를 지금 한번 떠올려 보실 수 있으세요?"

상담자가 물었다. 그때의 나를 떠올리니 비참하게 느껴졌다. 상담자의 안내를 따라 버드나무 아래로 갔다.

"울면서 끌려가고 있는데 버드나무가 있고 거기에 제가 있어요. 그냥 저는 하늘을 쳐다보는 것 같아요. 죽고 싶었어요."

이전엔 버드나무만 뇌리에 콕 박혀 있었다. 그런데 상담자의 안내를 따라가니 멈춰 있던 장면이 영상이 되어 조금씩 그때의 풍경과 감정이 살아났다. 다시 그때를 천천히 회상할 수 있었다. 버드나무가 있던 곳은 평소 동네 아이들이 모여 놀던 장소였다. 개 줄에 묶여 있던 순간을 떠올리니 사람이 없지 않았을 텐데도 아무도 느껴지지 않았다. 트라우마 기억은 올려다보이는 버드나무 장면에서 멈춰 있었다. 장면이 흐르니 비참함에 온몸과 마음이 아팠다. 그 순간 사람들의 시선이 견딜 수 없이 수치스러워 버드나무만 봤던 마음이 느껴졌다.

그 사건을 떠올리니 어릴 때 곁에 있던 어른들에게 서운함이 느껴졌다. 그전까지 도벽과 성폭행을 함께 생각한 적이 없었다. 그런데 도벽이 내겐 성폭행 후 도움을 달라는 신호였을 수 있겠다는 생각이 들었다. 분명 그 시절 내게 보인 이상 행동이 있었을 텐데 아무도 물어봐 주지 않았음이 떠올랐다. "지현아 무슨 일이 있니?" 따뜻하게 물어봐 주는 어른이 한 명이라도 있었다면 어땠을까 상상해 보았다. 기억 속 그곳엔 따뜻하게 물어봐 준 사람이 없었다. 다만 나를 훈육하기 위해 개 줄로 목을 감아 끌고 가는 어른과 구경하는 사람만 있었을 뿐이었다. 그렇게 연결되고 나니 강한 두통이 느껴졌다. 그동안 내가 억압해 오던 실체를 만난 기분이 들었다.

"이해받고 싶은 마음이 들어요."

아무도 돌봐주지 않아서 어릴 때 소화제를 끼고 살았다. 그 무렵 조금만 아파도 학교를 안 갔던 일도 떠올랐다. 피하지 않고 어릴 때 트라우마를 상담자와 함께 만나니 마음 깊이 이해받고 싶은 마음에 접촉이 되었다.

"어린 시절 개 줄에 끌려가고 있는 지현 씨 인형을 골라보실래요?"

상담자의 안내로 어린 여자아이 인형을 골랐다. 그 인형을 보고 말해보라고 했다.

"네 잘못이 아니야."

이 말이 먼저 떠올랐다. 나조차 어릴 적 일을 큰 잘못으로 여기며 살아왔음이 느껴졌다. 상처받은 어린 나를 만나야 했다. 그리고 따뜻하게 말해줬다.

"지현아, 많이 무섭고 수치스러웠지. 넌 혼자가 아니야. 내가 함께 있을게."

이 말을 개 줄에 끌려가던 어린 나에게 하고 나니 진심으로 이해받은 기분이 들었다. 그리고 그 인형을 꼭 안아주었다. 어린 시절의 나를 안아주는 마음을 진심으로 느끼며 머물렀다.

그 후 1년 동안은 상처받은 어린 시절이 간헐적으로 떠오를 때가 있었다. 그때마다 피하지 않고 상담자와 이야기를 나눴다. 가시처럼 박혀 있던 기억을 하나씩 만나며 조금씩 편안함을 찾아갔다. 과정을 거듭할수록 매듭이 하나씩 풀려가는 느낌이 들었다.

훈련된 상담자라 좋았던 건 진심 어린 공감이 있었기 때문이다. 이를 통해 나 자신에게 공감하는 법을 배웠다. 경험만큼 좋은 배움은 없다. 깊은 상처일수록 눈물과 콧물이 쏟아졌다. 하지만 그만큼 나를 온전히 만나는 경험이었다. **상처에 대하여 말하는 것만으로는 도움이 되지 않는다.** 지금까지 누군가에게 어린 시절 상처를 반복해서 말했음에도 해소되지 않았던 이유는 여기에 있다.

또 하나의 치유적인 힘은 연결됨에서 나온다. 과거를 말하는 건 그때를 사는 것이다. 하지만 **상처가 지금-여기에의 만남으로 연결되면 트라우마에서 벗어날 힘을 배울 수 있다.** 상담자와의 경험을 통해 나와의 연결을 배올 수 있었다. 상처가 깊을수록 몇 번의 작업으로 해결되는 게 아니다. 하지만 이 책도 한 장씩 모여 한 권의 책이 되듯, 치료도 마찬가지다. 매시간 작은 경험이 쌓여 서서히 치유되어 간다.

금방
사랑에 빠졌던
이유

개 줄에 끌려가던 날, 나를 지켜주지 못했던 어머니에 대해 글을 쓸 때였다. 순간 어머니가 큰어머니에게 매를 맞는 장면이 사진처럼 떠올랐다. 기억에서 지워졌던 장면이었다. 그때 처음 느낀 감정은 자식 앞에서 매를 맞았던 어머니가 느꼈을 슬픔이었다. 우리 남매를 큰어머니의 학대로부터 지켜주지 못한 어머니에 대한 서운함이 있었다. 그런데 내 잘못으로 매를 맞는 어머니를 보니 마음이 너무 아팠다. 그런 어머니께 평소 냉정하게 대했던 것이 미안해서 눈물이 났다.

며칠이 지나 어머니를 생각하며 아팠던 마음이 내게로 향했다. 그 장면을 보던 나도 크게 상처받았음이 느껴졌다. 굵직한 트라우마를 해결했다고 생각했던 날 잊었던 기억이 보이니 이런 상처가 끝없이 나올 것 같아서 겁이 났다. 어릴 적 학대의 기억을 모두 잃고 지내다가 긴 시간이 지나 문제가 되는 사건이 단편적으로 떠오르는 일은 흔히 발생한다.[12] 사진처럼 떠오

동네언니의 상담일기

른 기억은 그때가 처음이었다. 마음이 저렸고 처음으로 누군가에게 위로받고 싶은 마음이 들었다.

상담을 받으러 가는 날이라는 안도감이 들었다. 운전하며 가는데 어머니가 매를 맞는 장면이 자꾸 떠올랐다. 그 장면을 보고 있는 어린 내가 옆에 보였다. 아이의 마음을 생각하니 마음이 아파서 눈물이 났다. 상담실에 도착해서 그 일을 말하는데 대성통곡이 나왔다. 비참함이 느껴졌다. 이제 좀 치유되었다고 느꼈는데, 또 다른 상처가 튀어나온 것이 너무 아팠다. 한참을 우는 나를 상담자는 기다려 주었다. 상담자의 존재만으로도 위로가 되고 안정이 되었다.

"맞고 있는 엄마를 보는 아이가 어떻게 느껴지세요?"

그 장면을 보고 있는 어린 내가 너무나도 불쌍하게 느껴졌다. 하지만 맞고 있는 어머니를 보고 있는 9세의 내가 느낀 감정은 어머니를 지켜줄 수 없다는 무력감이었다. 어머니와 오빠를 지켜줄 수 없어 무능감을 느꼈다는 내게 상담자는 의아하다는 듯 물었다.

"오빠는 알겠는데, 왜 엄마는 지켜주고 싶으세요?"

6살 때 안개가 낀 시골길을 어머니와 걷던 장면이 떠올랐다. 짐을 홀로 들고 가는 어머니였다. 어머니가 죽을 것 같아서 불안한 마음이 들었다. 시골집에 가게 되어 좋았지만 혼자 뛰어가지 못했다. 자꾸 곁을 맴도는 나에게 성가시다는 듯 어머니는 역정을 냈다. 나는 어머니가 늘 약하게 보여 보호해야 한다고 생각했다. 6세의 내가 어머니를 보호해야 한다고 여겼던 것이 이상하다고 느낀 적이 없었다. 내가 보호해야 할 어머니가 내 잘못으로 매를 맞으니 그 충격만 남아 있었다. 상담 중엔 의식하지 못했지만 이후 들어보니 반복적으로 충격이라고 말하고 있었다. 9세의 내가 기억을 없애야 했던 마음이 공감되었다.

"매를 맞고 있는 엄마를 보고 있는 나에게 뭐라고 말해주고 싶어요?"

"혼자가 아니라는 말을 해 주고 싶어요."

이상하게도 그 말이 떠올랐다. 그날의 상담을 통해 나의 많은 부분을 이해했다. 어린아이에게는 든든하게 보호해 주는 부모가 필요하다. 하지만 어머니가 내 앞에서 맞음으로써 나는 심리적인 어머니를 잃었다. 내가 아무리 힘든 일이 생겨도 붙들고 뒤에 숨을 수 있는 존재가 사라진 날이었다. 추후 아버지도 같이 당하는 모습을 보았다. 내겐 든든하게 지켜주는 울타리가 없었다. 그날은 심리적으로 부모가 죽은 날이었다. 심리적인 고아가 되어 세상을 살아왔음을 느끼게 됐다. 이미지로 그려보니 차가운 골방에 혼자 남겨진 아이가 떠올랐다.

이 상담을 받을 당시 모임에서 만난 사람에게 사랑을 느낄 때였다. 이 일로 내가 왜 금사빠가 됐는지도 이해가 됐다. **심리적 고아 상태로 혼자 있는 내가 느낀 외로움의 깊이가 너무 컸기 때문이었다.** 여기에 자기혐오로 인한 자기소외까지 있던 나였다. 처절할 정도의 깊은 외로움을 느낄 수밖에 없었다. 그래서 누군가의 미소만으로도 끌렸다. 사람들이 조금만 친절하게 대해도 좋았다. 차가운 방에 혼자 남겨져 있다가 작은 호의에도 그것을 따뜻함이라 착각하며 끌렸던 것이다. 이에 대한 해결은 외로움의 회복에 있었다. 외로움은 자기와의 만남과 '나―너'의 존재로의 만남으로 해결될 수 있다.

나에게
관심 기울이기

외로움의 회복은 소외된 나를 만나는 것에서 시작한다. "영혼이 자신을 알고 싶으면 다른 영혼을 마주해야 한다."라는 소크라테스의 말이 있듯, [13] 자신을 만나기 위해서는 다른 사람과의 만남이 필요하다. 세상에서 가장 가까이 있는 사람은 나 자신이다. 하지만 자신을 잃어버린 사람에겐 나를 만나는 게 가장 어렵다.

"호흡을 느껴보세요. 무엇이 알아차려지나요?"

오랜 시간 나를 소외한 탓에 무엇을 느끼는지 모를 때가 많았다. 그래서 나를 만나기 위해 설거지나 샤워할 때 몸에 닿는 감촉과 온도부터 느끼기 시작했다. 나를 느낄 수 있어야 접촉이 가능해진다. 느낄 수 없는 몸은 편안함이 무엇인지 모른다. 그러면 욕구를 떠올릴 수도 없다. 그동안 무언지 모를 헛헛함과 공허감이 컸다. 또 차가운 골방에 혼자 남겨진 기분이 들 때가 있었다. 내 존재와의 연결이 끊어진 채 세상을 살아가니 느껴진 외로움이었다.

자신에게 접촉이 되지 않으면 존재를 느낄 수 없다. 상담자가 '자기소외'라는 단어를 처음 이야기했을 때는 막연했다. 그런데 상담을 통해 나를 느끼기 시작하자 자기소외가 일으키는 문제가 얼마나 극심한지 깨닫게 됐다. 팀장에게 배제되었을 때 느꼈던 괴로움이 컸다. 그런데 나를 소외시키면 누군가 함께하고 있어도 극심한 외로움을 느낀다. 이 외로움 때문에 그동안 했던 행동들을 떠올리니 아득해졌다.

사람들과 함께 있으면 침묵하는 게 어려웠다. 그래서 예전엔 말을 많이 했다. 소외로 인한 외로움 때문인지 말을 하고 싶었다. 모임에선 먼저 이야기하며 분위기를 주도할 때가 많았다. 문제는 말을 많이 하면 꼭 실수가 나온다는 것이다. 이렇게 말실수가 이어지면 집에서는 후회가 되었다. 그래서 침묵을 결심한 적도 많았다. 그러나 침묵이 길어질 때 내 마음을 알아차려 보니 불안함이 느껴졌다. 이를 모르고 예전엔 불안함에 과하게 말을 쏟아내다가 오히려 말실수로 이어질 때가 많았음을 알아차렸다. 무엇이 불안한지 관심을 기울여야 했다. 이런 주의를 기울이는 가운데 과하게 쏟아내던 말들이 조금씩 정리되어 갔다.

"내 몸을 알아차려 보세요."

상담자의 안내에 따라 몸을 알아차려 보았다. 호흡을 알아차리고 각 신체 부위별로 천천히 머무르며 알아차렸다. 존재의 연결은 나에게 관심을 기울이는 것에서 시작한다. 관심을 가지니 알아차려지는 것들이 생겼다. 가장 자주 신호가 오는 곳은 배의 통증이었다. 내가 긴장한 순간 여지없이 배가 아팠다. 힘든 작업을 할 때는 심한 두통이 왔다. 처음에는 약을 먹어야 할 정도로 강한 통증이었다.

"아픈 배가 되어서 말해보세요."

그때마다 배는 다른 이야기를 했다. 나에게 주의를 기울이니 몸이 하는 말을 들을 수 있었다. 내 몸은 말하고 있었다. 상담자의 안내를 따라 가면 마음이 편해지고 몸의 통증도 같이 가라앉았다. 신기했다. 과거 진통제를 상비약으로 넣어 다녔을 만큼 통증이 잦았다. 그런데 몸의 알아차림이 시작되자 나의 스트레스와 통증이 연결되어 있음을 알아차리게 됐다. 몸에게 관심을 가지니 무덤덤했던 신체감각도 조금씩 깨어나기 시작했다. 점점 시간이 지나며 몸의 알아차림이 섬세해졌다.

존재의 외로움과 불안함으로 누우면 몸이 침대에 쑤욱 빨려 들어가는 기분이 들 때가 있었다. 흔들리는 존재를 단단하게 지탱하기 위해서는 몸과 마음에 연결이 중요하다. 상담자는 내가 느끼는 감정을 찾아가고 연결될 수 있도록 안내해 주었다.

"눈물이 되어 말해주세요."

처음에는 눈물이 흐를 때 닦아내기 바빴다. 그러나 울고 있을 때 상담자의 안내에 따라 눈물이 하는 말에 마음을 기울였다. 눈물의 의미는 다 달랐다. 서러울 때도 있었고, 화가 나서 나는 눈물도 있었다. 억울할 때도 있었고, 상실에 대한 아픔 때문에 운 적도 있었다. 눈물을 피하지 않으니 그동안 이유 없이 흐르던 눈물도 적절한 눈물로 바뀌어 갔다. 눈물을 막거나 피할 이유가 없었다. 눈물이 날 땐 '눈물이 나는구나, 어떤 마음 때문에 눈물이 날까?'라고 내 마음에 관심을 가지니 금방 지나갔다. 아이가 울 때 "왜 울어?" 하고 물어주면 처음엔 서러움에 더 운다. 하지만 진정으로 공감받은 아이는 울음을 억지로 삼켜야 할 필요가 없어진다. 상처로 남지 않는 건 물론이다. 그렇게 내 마음에 주의를 기울이니 혼자 있어도 외로움이 덜 느껴지기 시작했다.

상담은 나(자아)를 찾아가는 과정이었다. 내가 진정으로 좋아하는 것, 원하는 것을 찾는 것엔 또 다른 시간이 걸렸다. 나에게 관심을 두지 않았던 탓이었다. 욕구 불만이라는 말이 그냥 나온 것이 아니었다. 신경 써서 욕구의 목소리를 듣기 시작했다. 무엇을 결정할 때 상대의 욕구에 무조건 맞추기보다 '내가 원하고 있나?'를 묻고 생각하는 과정을 더해갔다. 한 번도 내가 무엇을 좋아하는지 생각해 보지 않은 사람들은 지금 무슨 음식을 먹고 싶은지 생각해 내는 것도 쉽지 않다. 먹는 것부터 듣는 음악까지 관심을 가지고 챙기기 시작했다. 어떤 음악을 듣고 있을 때 편안한지 하나하나 관심을 두는 가운데 나를 찾아갔다.

동네언니의 상담일기

자기 비난에서 벗어나기

혐오는 자신을 타인의 관점으로 볼 때 일어나는 감정이다.[14]

강한 자기소외를 일으키는 혐오. 혐오에서 벗어나려면 자신을 내 경험의 관점으로 이해하고 공감하는 과정이 필요하다. 모든 행동에는 역사와 이유가 있다. 행동을 폄하하고 자책하기보다 자신이 왜 이런 행동을 하게 됐는지 그 이유를 찾아 자신을 이해하고 공감하는 과정이 필수적이다. 내가 왜 이런 대처 기제를 사용하고 있는지 알아가며 소외시켰던 자신과의 진정한 만남이 이루어질 때 치유가 시작된다.

예를 들어, 아동기에 부정적 경험을 한 여성들의 경우 비만 가능성이 높다는 연구 결과가 있다. 미국에서 성인병 예방을 위해 비만인을 대상으로 다이어트를 실시했다. 많은 사람이 처음엔 적극적으로 살을 뺐지만, 어느 정도 시점이 되면 다시 살이 찌곤 했다. 인터뷰 결과, 다이어트를 했을 때 성폭행이나 추행의 위험이 커지는 것이 두려워서 살을 다시 찌웠다고 한다.[15]

또한, 문란한 성생활을 하는 사람들도 있다.[16] 이 경우 특히 자기 비난으로 이어지는 경우가 많다. 누구나 비난할 행동이라 해도 자기 이해와 공감을 통해 행동에 대한 선택을 달리할 수 있다. 대부분의 행동엔 이유가 있기 때문이다. 부정적 경험을 한 사람들이 문란한 성생활을 하는 이유는 첫째, 어릴 적 부정적 경험이 침범당한 경험이기 때문이다. 지속적인 침범은 적절함에 대한 개념이 사라지게 만든다. 어떤 행동이 무례함인지 구별하기 어려워진다. 그로 인해 상대가 무례하게 대해도 어떻게 거절해야 할지 모르게 된다. 자신의 감정에도 확신이 없어 거절이 어렵기 때문에 성폭력과 성추행에 쉽게 노출된다. 성폭력을 당해도 인지하지 못하는 경우가 많다. 성폭력을 당해왔음에도 자신을 탓하며 자기혐오로 이어지는 경우가 대부분이다.

둘째, 자아가 없어서 자신이 소외된 사람들은 섹스 중독에 빠질 수 있다. 성관계에서의 오르가슴은 순간이지만 내가 있다는 감각을 느낄 수 있다. 이로 인해 살아 있음을 느낄 수 있다. 셋째, 폭력의 경험은 자신이 있는 곳이 위험하다는 인식을 갖게 하여 늘 몸의 긴장을 유지하게 한다. 섹스 후의 이완 경험이 잠깐의 치유를 제공할 수 있다. 넷째, 어린 시절 성폭행을 당했던 많은 경우 그루밍을 통해 이루어진다. 어린 나이의 성관계 경험은 폭력이다. 문제는 가정 내 돌봄이 없는 아동의 경우 이런 그루밍 성관계를 돌봄과 사랑으로 착각할 수 있다. 그래서 이후 성적 대상화된 성관계를 이어

동네언니의 상담일기

갈 수 있다.

다섯째, BDSM(BDSM BD (Bondage=구속, Discipline=훈육), DS (Dominance=지배, Submission=굴복) SM (Sadism=가학, Masochism=피학)이 세 가지 성적 지향을 일컫는 말) 성관계의 경우 자신이 상황을 통제할 수 있다는 감각을 느낄 수 있다. 이런 과정에서 치유를 경험하기도 한다.[17] 이외에도 어릴 적 부정적 경험자의 경우 흡연, 자해나 자살, 각종 약물 중독 경향성도 높아진다. 이들에게는 죽을 것같이 힘든 현실을 잊게 하는 대처전략이다. 계속 이렇게 살자는 게 아니다. 하지만 이를 모르고 자신을 타자화해서 비난하게 되면 치유에서 오히려 멀어진다.

나는 타인에 대한 이해는 관대하면서도 자신에겐 가혹한 말을 쏟아내는 사람이었다. 게슈탈트 상담의 장점은 구체화라는 질문을 통해 행동의 역사를 이해할 수 있도록 도와준다. 그리고 스스로 얼마나 가혹하게 말하고 있는지 알 수 있도록 안내해 준다. 상담자가 해석해 줘서 아는 것과 달리 직접 말해보면 가슴의 울림이 다르다.

"너는 죄인이야!"

"넌 언제든 타락할 수 있는 사람이야!"

"철저하게 너를 통제하지 않으면 언제든 사고칠 거야!"

"너는 한번 풀어주면 끝이야. 구제 불능이라 풀어주면 망할 거야."

상담을 받으며 알게 된 내게 쏟아내는 차가운 말들이었다. 큰 채찍을 들고 나를 가혹하게 대하고 있음이 느껴졌다. 과거엔 큰어머니가 나를 개 줄로 묶고 끌고 갔다면, 지금은 스스로 개 목줄을 해서 끌고 다니는 정도의 가혹함이었다. 이런 부분은 상담이 아니라면 스스로 의식하기 어렵다. 자책은 자동으로 일어나기 때문이다.

자신에 대한 비난이 강하면 일의 효율을 오히려 떨어트리는 원인이 된다. 또 자신을 혐오하며 자해하고 자살 시도를 하게 만드는 원인이 되기도 한다. 왜 이런 현상이 일어날까? 스스로 비난하며 채찍질하는 이유는 아이러니하게도 자신을 보호하기 위해서다. 너무 게으르고 못된 내면을 가지고 있어서 강력하게 통제하지 않으면 나쁜 짓을 할 거라 믿고 있는 내면이다. 사람들에게 버림받거나 학대받는 경험을 피하게 하려는 이유에서 시작하게 된 채찍질은 자신을 아프게 만든다. 보호의 기능도 담고 있어서 안다고 쉽게 멈춰지지 않는다. 나를 혐오하고 채찍질하는 걸 멈춰야 하는 이유는 대를 이어가기 때문이다. 나 자신에게 가혹한 사람들이 자녀에게 너그럽긴 어렵다.

그럼 어떻게 해야 멈출 수 있을까? **스스로 믿고 지지해 주는 방법으로 할 수 있다.** 게슈탈트 상담의 치료 목표는 '자기 지지'다. 말은 쉽지만 해 보면 상당히 어렵다. 내가 이렇게 자료를 찾고 공부하고 알아차리려 노력했음에도 만 2년 넘게 자책으로 고생했다. 쉽지 않은 작업이었고 통제는 강

동네언니의 상담일기

력했다. 스스로 믿어보라고 하는 게, 마치 낙하산 없이 높은 절벽에서 뛰어 내려보라고 말하는 느낌이었다. 죽을 만큼 어려웠고, 힘든 과정이었다. 자책이 생존전략이었기에 당장 나를 믿고 지내보라는 말은 어렵게 느껴질 수밖에 없다.

이때 상담자의 역할이 꼭 필요한 이유는, 2인이 버틸 수 있는 낙하산을 짊어지고 함께 해 주는 사람이기 때문이다. 상담에서 처음엔 내가 잘할 때 칭찬하고 지지했다. 상담이 진행될수록 좋은 일이 있을 때 같이 기뻐했다. 하지만 일의 결과에 대해 잘했다고 말하지 않았다. 좋은 일에도 그랬지만 잘못이나 실수에도 나를 있는 그대로 보고 있다는 느낌이 들었다. 또 내가 잘하려 애쓸 때 잘하지 않아도 괜찮다는 이야기를 해주었다. **있는 그대로 수용받는 경험을 통해 나에게 향하던 비난을 조금씩 내려놓을 수 있었다.** 이후 머릿속에서 꾸짖는 소리를 내던 라디오가 조용해졌다는 걸 알아차린 순간의 기쁨이란 잊을 수 없다.

평가의
저주에 빠지다

나는 평가에 대한 불안이 있는 사람이다. '내사'로 인해 나의 멍청함과 게으름을 성적으로 입증하며 살았다. 긴 세월 확실히 잘하는 게 아니라면 평가받는 상황에 최선을 다하지 않았다. 시험은 빠르게 포기하며 공부를 접었고, 뒤에서 세면 바로 나올 성적으로 살아왔다. 공부를 아예 안 하면 내 본 실력은 평가받지 않아도 된다는 장점이 있다. 이런 습관은 의식한 건 아니지만 성인이 되어서도 유지되었다. 시험과 평가에 최선을 다하지 않으면 나의 바닥을 보이지 않아도 된다는 장점이 있다.

상담을 받으며 알게 된 것은, 평가에 대한 불안이 시험에만 국한된 것이 아니라는 점이다. 내가 잘하지 못한다고 느껴지는 모든 활동에서 안절부절못하는 행동이 나왔다. 평가를 받을 수 있는 행위를 할 때 극심한 괴로움이 느껴졌다. 모든 평가를 두려워하는 것은 아니었다. 하지만 내가 못한다고 생각한 것을 시도할 때 두려움이 극대화되었다. 그동안 감정으로는 느끼지 못했지만, 몸에서는 극심한 고통이 느껴졌다. '이렇게는 도저히 집중할 수 없겠다.'라고 이해될 정도였다.

비슷한 주제로 상담을 오래 받았다. 하지만 시험이나 책을 쓰는 등의 중요한 과제를 할 때마다 극심한 불안으로 안절부절못하는 것은 쉽게 해결되지 않았다. 이상하게도, 평가가 아니라면 전공책 읽기나 블로그 글쓰기를 할 때 1~2시간 이상 집중하는 게 어렵지 않았다. 그런데 같은 활동도 평가를 위해 준비하려면 10분마다 자리에서 일어나는 등 안절부절못했다. 또 어렵게 느껴지는 것을 시작하기 위해선 불안이 너무 극심해졌다. 너무 심했을 땐 항불안제까지 먹어야 할 정도였다.

나는 누구의 평가를 두려워하는 걸까?

모든 사람의 평가가 두려웠지만, 특히 권위자의 평가가 두려웠다. 시간이 지나면서 상담자의 눈치를 볼 때가 있었다. 또 어린 시절 잘못했을 때 따라오는 학대는 버려짐의 기억이기도 하다. 못하는 사람은 선택되지 않음으로써 심리적 버려짐을 경험할 수 있다. 평소 '잘한다, 못한다.'라는 평가 언어를 피해야 하는 건 이 때문이다. 성인이 된 지금, 나를 평가하는 사람은 누구일까? 직장 상사일 수도 있고, 또 배우자나 친구들일 수 있다.

그러나 나를 가장 가혹하게 평가하는 사람은 '나' 자신이었다.

나는 '잘한다, 못한다'로 나를 평가하고 있었다. 하지만 평가적인 생각을 알아차리지 못했다. '평가'의 안경을 쓴 사람들은 자기 자신을 불행의 늪에 빠뜨린다. 나는 사람들의 평가를 두려워하면서도 '평가'에 매우 익숙한 사람이었다. 긍정적인 평가를 갈망하고, 부정적인 평가를 두려워하여 평가받는 상황을 최대한 피하고 살았다.

부정적인 평가를 두려워하는 나는 평소 추앙 수준의 "잘했어."라는 말을 갈구했다. 칭찬을 듣지 못하면 불안했다. 나는 상대가 무언가 잘했다고 느끼면 잘했다는 말을 아끼지 않았다. 그래서 타인에게는 못한다고 말하지 않으려 노력했다. 그럼에도 새어 나오는 말은 막지 못했다. 평가자로서는 최악의 사람이다. 하지만 잘했다는 말도 주의해서 써야겠다고 느낀 적이 있었다. 두 명이 지도받는 자리에서 한 명에게 유독 잘했다고 칭찬하니 '나는 못했구나.'라는 생각이 든 적이 있었다. 긍정적인 평가도 평가 언어라서 주의해야 한다.

내 안에는 두 가지 잣대만 있는 게 문제였다. 부정적 경험자들은 세상을 이분법적으로 보는 경우가 많다. "잘했다."라는 말을 듣지 못하면 바로 '못했다.'라는 마음이 들었다. 이분법적인 세상에 살아온 나는 이게 얼마나 문제가 되는지 알지 못했다.

평가의 문제를 알게 되니 나도 상대를 끊임없이 평가하고 있음이 느껴졌다. 사람들을 쳐다보고 있으면 저절로 평가의 잣대가 세워졌다. '아이고 옷이 저게 뭐래?', '저것도 못 하다니.', '예쁘다.', '못생겼네.', '저렇게 뚱뚱해서 어떻게 해.', '똑똑하다.' 속으로 끊임없이 상대를 평가했다. 이렇게 늘 누군가를 평가하게 되면 나 또한 사람들의 시선에 민감해진다. 이로 인해 나를 불행하게 만든다. '잘했다, 못했다.'로 평가하게 되면 비교와 경쟁이 생긴다. 상대를 보며 '잘하네.' 평가하는 순간 '아 나는 저만큼 못하는데.'라는 생각이 저절로 따라왔다. 또 상대가 못하면 안도감이 느껴졌다.

평가는 다른 사람이 아닌 나에게 가장 많이 향한다. 나를 평가하는 건 깨어 있는 내내 가능하다. **그동안 나를 괴롭혔던 자책의 뿌리는 스스로 평가하는 습관에 있었다.** 이게 내게 얼마나 큰 해악을 끼치는 일인지 깨닫고 나니 소름이 돋았다. 나를 평가함으로써 친구와 비교하고, 경쟁함으로써 스스로 불행하게 만들었다. 멋진 사람을 보면 내 자신이 초라해 보였다. 나보다 잘하는 사람들을 보면 나는 세상에서 가장 못하는 사람처럼 느껴졌다. 평가 속에서 나보다 '위, 아래'의 위계가 나뉘었다. 이로 인해 '나-너'의 동등한 관계는 사라졌다.

상대의 언어에도 위축이 되었다. 중의적인 표현에 위축이 되는 건 스스로 잘못했다 평가했기 때문이다. 상담자는 성경에서 아담과 하와가 선악과를 먹고 자신을 부끄러워했던 것도 자신을 평가했기 때문이라고 했다. 세상에 선과 악을 안다는 게 위험은 피할 수 있을지 모른다. 하지만 이런 잣대는 늘 평가에 불안을 느끼며 살게 하기에 큰 불행이 될 수 있다. 이제 평가를 알아차리고 멈춰야 할 때다. 상대와 나를 평가하고 있음을 알아차리고 우리가 서로 다름을 인정하기 시작하니 진정한 편안함이 찾아왔다.

나를
드러내기 위해
하는 말

"과하게 드러내고 있어요."

상담 39개월 차였다. 여러 번의 집단 상담 후, 상담자가 작심한 듯 내게 말했다.

게슈탈트 집단 상담은 관계성 향상에 초점을 맞춘다. 상담자는 관계 안에서 내가 어떤 패턴을 보이는지 충분히 본 후 한 말이었다. 친숙해진 집단에서 나의 말과 행동 때문에 상처 입은 사람들이 여럿 있었다. 상담자에게도 침범하고 공격적인 말로 피해를 줬기에 미안한 마음이 있었다. 또 평소에도 내가 과하게 드러내는 문제로 상담받은 적이 있었다. 하지만 상담자가 내게 과하게 드러낸다고 말했을 때 그 뜻을 이해할 수 없었다. 마치 그동안 몰랐던 사실을 알게 된 사람처럼 얼어붙었다. 이후 내가 어떻게 과하게 드러내고 있는지 이해하는 데는 상당한 어려움이 있었다. 이게 왜 문제가 되는지 이해하기까지 1년이 넘게 걸렸다.

자아가 상실된 사람 중 과하게 자신의 존재를 드러내는 사람들이 있다. 나를 알고 너그럽게 대하는 것은 중요하다. 하지만 내 말과 행동이 타인에게 어떤 영향을 미치는지 알아차림이 있어야 한다. 내 말에 사람들이 베이고 있을 때 나는 상처 입은 사람이니 이해해달라고 말하는 건 폭력이다.

집단 상담에 참여했을 때였다. 집단원 중 한 명이 직장에서 자랑하는 동료를 보고 불편해서 피하고 싶다고 말했다. 그 말을 들으니, 상담자가 내게 한 말이 떠올랐다. 평소에 지인들에게 자랑할 때가 많았다. 특히 상대의 입장을 생각하지 않고 말할 때가 많았다. 그 집단원의 괴로움을 들으며 상대를 존중하지 않고 일방적으로 나의 성취를 자랑하는 것은 상대를 괴롭힐 수 있는 행위라는 생각이 들었다.

나를 드러내는 방식은 이외에도 다양했다. 사람들과 함께 있으면 내가 원하는 주제로 대화의 방향을 끌고 갔다. 예를 들어. 여행을 다녀와서 말하는 사람이 있으면 그 사람의 경험을 더 궁금해하지 않고 내 여행 경험을 이야기했다. 그건 상대의 이야기를 온전히 듣는 방식이 아니었다. 그 여행이 꼭 내가 다녀온 게 아니어도 말했다. "내 친구도 인도에 다녀왔대."라는 식이었다. 상대의 이야기를 온전히 듣지 못했고, 식당도 내가 원하는 곳이 아니면 따라가지 않았다. 물론 나의 욕구에 충실한 건 필요하다. 하지만 과하게 나를 드러내며 타인의 존재를 전혀 존중하지 않고 있었음을 알고 나니 아찔해졌다.

또는 내가 잘 알지 못하는 것도 아는 척 말할 때가 많았다. 동료 3명이 함께 여행을 간 적이 있었다. 그 지역에 사는 친구와 함께하는 여행이었다. 그 지역에 대해선 당연히 살고 있는 사람이 가장 잘 안다. 그런데 지역에 관한 질문을 내가 아는 척 대답한 적이 있었다. 과거에는 알아차림이 없어 민망함을 몰랐다. 하지만 상담자가 과하게 드러낸다는 말을 한 이후 조금씩 나의 말에 대한 알아차림이 생기기 시작했다. 드러내며 말하는 게 생각보다 많았다. 알아차림이 생기자 아차 싶은 순간들이 보이기 시작했다.

부모의 관심과 사랑을 받고자 했던 어린 시절의 욕구가 좌절되면, 자신의 존재를 과하게 드러내는 행동으로 이어질 수 있다. 이를 해결하기 위해 첫째 자신의 좌절된 욕구에 대한 이해와 공감이 우선 되어야 한다.[18] 모든 사람에게는 욕구가 있다. 나의 욕구를 외면했던 지난 시간들로 인해 나의 존재를 과하게 드러냈음을 깨달았다. 자신을 소외시키면 존재는 끊임없이 자신을 드러내고 싶어 한다. 부모가 들어주지 않았던 자신의 욕구를 이제는 내가 이해하고 듣는 노력이 필요하다.

두 번째로는 자신에 대한 이해를 바탕으로 알아차리고 접촉하고 멈추는 연습이 필요하다. 지금은 나의 행동 패턴을 조금씩 알아차리고 멈추는 연습을 하고 있다. 상대방의 이야기를 경청하고, 나를 덜 드러내려는 노력이다. 대화의 중심이 되기보다, 상대방을 존중하며 함께 이야기를 나누는 법을 배워가고 있다. 물론 알아차리지 않으면 금방 과거 패턴을 반복하게 된다.

　나를 과하게 드러내는 만남은 나와 그것의 만남이 된다. 의식한 것은 아니지만 나를 돋보이게 만들어 줄 대상으로 이용하는 행위이기 때문이다. 나와 너 만남이 될 때 진정한 치유가 가능해진다.

네 번째 상담일기

'우리'를 연결하는 방법

해결된 듯 느껴져 주의를 기울이지 않으면
과거의 패턴이 반복된다.

도움을 주는
행동이 문제가
되는 이유

"지현 씨는 늘 누군가를 챙기고 친절하던데, 지치지 않으세요?"

어느 날 동료가 내게 물었다. 누군가를 돌보고 챙기는 게 당연한 일처럼 느껴졌기에, 이 질문은 나에게 의아하게 다가왔다.

어린 시절 부정적 경험을 한 사람 중에는 타인을 돌보려 애쓰는 이들이 있다. 형제가 많은 집에서는 유독 부모를 걱정하고 돌보려 애쓰는 자녀가 있다. 돌봄을 하며 살아온 사람들은 자신의 욕구나 고통보다 타인의 고통이 먼저 눈에 들어온다. 또 어딜 가든 돌봐줘야 하는 사람이 눈에 띈다. 이는 마치 망치를 들고 있으면 못이 눈에 띄는 것과 같다.

아이의 눈에 부모가 약해 보이면, 아이는 부모를 자기 방식대로 보호하고 돌보기 시작한다. 아이는 돌봄을 받아야 하는 존재다. 하지만 이때부터 부모의 필요를 세심하게 챙기기 시작한다. 아이의 돌봄은 처음에는 서툴다. 동생의 기저귀를 가져다주거나 엄마의 눈물을 닦아 주는 행동부터 시작한다. 부모가 이런 행위에 기뻐하고 칭찬하면, 아이는 성장해서도 돌보는 행동을 통해 자신의 존재를 인정받으려 한다. 또한, 부모의 하소연을 들어주는 것이 아이의 생존전략이 되기도 한다.

아이는 존재로 사랑받는 게 아닌 자신이 누군가를 돌보는 행위를 함으로써 사랑받을 수 있다고 생각하게 된다.

이렇게 누군가를 잘 돌보는 사람들은 사회생활에서도 쉽게 인정받는다. 사람들에게 센스 있다는 말을 듣기도 하고, 모임에서 주로 돕는 역할을 맡는다. 누군가의 필요를 금방 파악할 수 있는 사람들은 좋은 사람이라는 평가를 받는다. 그러나 이들의 문제는 역할과 책임으로 상대를 대한다는 점이다. 사랑은 주고받아야 한다. 하지만 이들은 주는 것만 배운 사람이다. 또 누군가를 돌보는 데 평생을 바쳐왔기에 누군가의 돌봄을 받을 때 제대로 느끼지 못한다.

내가 사람들을 자꾸 돌보려고 한다는 것을 2021년 2월 게슈탈트 집단 상담에서 알게 되었다. 개인 상담과 집단 상담은 차이가 있다. 개인 상담은 내가 경험하거나 느끼는 것을 위주로 말한다. 하지만 다수가 참여하는 집단 상담에서 리더(개인 상담은 상담자라 표현하지만 집단 상담에선 리더로 표현한다.)

는 내가 사람들과 함께 있을 때 나타나는 현상에 초점을 맞춘다. 1:1에선 드러나지 않는 행동이라도, 다수가 있는 자리에서는 행동 패턴이 변할 수밖에 없다.

집단 안에서의 나는 나를 말하기보다 상대가 어떻게 느끼고 있는지만 말했다. 울고 있는 사람들을 보면 챙겨주고 싶은 마음이 생겼다. 과거 힘든 경험을 한 사람들을 보면 더 토닥여 주고 싶은 마음이 들었다. 그리고 유독 힘들게 느껴지는 집단원의 말조차 열심히 들으며 공감하려 애썼다. 내가 힘들다는 것을 인식하지 못했다.

"사람들을 하나하나 바라보고 지현 씨의 돌봄이 필요해 보이는 사람들을 찾아보세요."

리더가 말했다. 집단원들을 쳐다보니 모든 사람이 내가 돌봐야 할 것 같았다. 다시 리더가 물었다.

"혹시 나도 돌봐야 할 것 같으세요?"

리더가 화가 난 듯해 무서웠지만, 이실직고해야 했다.

"네."

내 눈에는 리더도 돌봐야 할 대상으로 보였다. 리더가 추워 보였기에 무언가 챙겨주고 싶은 마음이 들었기 때문이다. 내가 리더마저 돌보려 한다는 게 충격이었다. 사람들의 이야기를 있는 그대로 듣는다는 것이 무엇인지 몰라 혼란스러웠다. 2022년 2월 참여한 집단 상담에서는 속상해서 펑펑 울었다. 돌보지 않고 그냥 있는 게 무엇인지 몰라 괴로웠다. 오랜 시간 내 마음보다 자꾸 사람들의 마음이 더 잘 보였다. 나(자아)는 없었다.

타인을 돌보는 행위 때문에 정작 내 마음은 돌볼 수 없었다. 아버지께 화나는 마음이 있었다. 상담을 받으니 어릴 때 지켜주지 않은 아버지에게 서운함이 느껴졌다. 그러나 아버지께 서운하다고 말하기 어려웠다. 이유는 '아버지가 내 말을 듣고 쓰러질까' 두려웠기 때문이다. 나 하나만 힘들면 된다며 나의 서운함은 꾹꾹 누르고 있음을 알게 됐다. 늘 상대의 마음을 먼저 살피다 보니 내가 힘들다는 것은 인식하지 못했다. 누군가를 돌본다는 것 자체는 이타적인 행위이다. 하지만 그것이 성숙한 방식이 되려면 내가 돌보는 사람이 누구인지, 무엇 때문에 돌보는지 알아야 한다. 또 돌봄은 내가 소외되지 않는 방식이어야 한다.

돌보는 행위를 주의해야 하는 또 다른 이유는 상대를 침범하는 행위가

동네언니의 상담일기

될 수 있기 때문이다.

휠체어에 탄 사람을 허락 없이 밀어주면 상대는 도움을 받아야 하는 존재로 전락하게 된다. 도움을 주는 사람은 '나는 너에게 도움을 줄 수 있는 사람이야.'라는 우월감을 느끼게 된다. 이는 상대보다 나은 존재라고 드러내는 것이기에 받는 사람도 불쾌감을 느끼게 된다. 이는 수치심이 있는 사람들의 돌봄 방식이기에 진정한 이타주의가 아니다.

또한, 사람들을 돌보며 인정받아 온 사람 중 내가 받고 싶은 것을 상대에게 줄 때도 있다. 내가 받고 싶은 것을 상대에게 주게 되면 돌봄에서의 기쁨보단 헛헛함이 커진다. 상대가 요청하지 않은 돌봄은 배려가 아닌 상대에 대한 침범이 된다는 것을 경험이 쌓여가며 알게 되었다. 상대를 돌보는 행동에도 배려가 필요하다.

나(자아)가 없을 때 좋았던 상대의 돌봄이 시간이 지나며 묘하게 불편함이 느껴진 경험이 있다. 돌봄을 주니 감사한 사람임에도 어느 날부터 묘한 불편함이 느껴졌다. 그 이유를 몰라서 오랜 시간 고민했다. 상담을 받으며 묘한 불편함의 실체를 알게 됐다. 지인의 돌봄이 마치 나를 어린아이처럼 대한다고 느껴졌다. 마치 나를 약한 사람으로 보는 것 같아 느끼는 불쾌함이었다. 상담자가 그것이 '침범'이라 말해줬다. 이 경험으로 돌보는 행동의 문제를 이해하게 되었다.

어릴 때는 많은 돌봄이 필요하다. 하지만 자녀가 성인이 되면 돌봄의 수준을 나이에 맞게 바꿔야 한다. 설사 자녀의 실패가 예상되더라도 기다려주고 경험할 시간을 줘야 한다. 경험할 시간을 주지 않는 과한 돌봄은 자녀에 대한 침범이다. 그리고 돌봄 받는 사람들은 상대가 자신을 믿지 않는다고 느끼게 된다. 모든 노력을 바쳐 상대를 돌봤지만 결국 "내가 언제 돌봐달라고 했어?"라는 말을 듣는 이유다.

돌봄은 자기가 소외되지 않는 방식이어야 한다. 그리고 상대를 존중하는 마음이 있어야 한다.

자기가 소외되면서 타인만을 돌보려고 하는 행동은 문제가 된다. 관계에서 상대를 돌보는 사람으로만 존재하게 되면 내가 받은 돌봄은 의식하기 어렵다. 또 누군가를 자꾸 돌봐야 하는 사람으로 대할 때 나와 상대 모두 역할로만 존재하게 된다. 도움을 주고도 나를 피하는 사람이 늘어나 대인관계에서 서운함이 반복된다. 이런 관계는 사람들과 함께할 때 '나—너'의 관계를 느끼지 못하고 고립되고 외로워진다.

사람들과 함께할 땐 내가 소외되지 않는, 너와의 진정한 만남이 이루어질 때 관계에서의 기쁨이 회복될 수 있다.

존재의
질투심

나는 사람들에게 질투심을 자주 느꼈다. 비교하고 경쟁하면서 나보다 잘한다고 느끼는 사람들을 보면 강한 질투심이 느껴졌다. 질투를 내려놓으려 노력해도 물에 잠긴 공이 저절로 떠오르는 듯 없어지지 않았다. 강한 공격성이 나올 때마다 나 스스로 몸서리쳐질 때가 있었다. 그럴 땐 내 마음이 잠잠해지길 기다리며 질투의 대상과 거리를 두었다. 이런 공격성을 사람들이 알게 되면 손가락질할까 두려웠다.

상담을 통해 알게 된 것은 내 질투심과 경쟁 욕구가 상당히 강하다는 사실이다. 그동안 몰랐던 이유는 평소엔 경쟁이 싫어 처음부터 지는 걸 선택했기 때문이다. 어릴 때부터 무엇인가 이기려 노력한 적이 없었다. 꼴찌가 편했고, 지는 게 좋았다. 그런데 내가 좋아하는 게 생기니 경쟁하기 시작했다. 비교에서 시작된 경쟁이었다.

"지현 씨를 이긴 사람을 보면 어떻게 하고 싶으세요."

상담자가 물었다. 바로 떠오르는 대로 말하자니 입이 떨어지지 않았다.

"죽이고 싶어요."

한참을 머뭇거리다 겨우 말한 답변이었다. 상당히 폭력적이지만 진심이었다. 나는 간단한 보드게임 하나에도 경쟁하기 시작하면 끝까지 이기려 들었다. 보드게임은 즐겁자고 하는 활동이다. 하지만 이 과정이 즐겁지 않았다. 보드게임을 하면 상대가 꼬마 아이라도 이해되지 않을 만큼 감정이 크게 자극되었다.

상담을 받으며 알게 된 나의 경쟁은 전쟁과 같았다. 경쟁에서 지는 건 죽음을 연상시켰다. 경쟁을 시작하면 죽을 것 같은 고통이 느껴졌다. 그래서 바로 지는 걸 선택했다. 쉽게 이기지 못하면 경쟁하기를 포기했고, 게임이나 놀이를 즐길 수 없었다. 경쟁을 하면 멈추고 싶어도 브레이크가 고장난 차처럼 멈출 수 없어서 괴로웠다. 시작하기 전 경쟁을 안 하겠다고 여러 번 결심했다. 하지만 저절로 몸이 움직이니 이해하기 어려웠다. 처음엔 괜찮지만, 시간이 지나면 나를 불편하게 여기는 사람들이 있었다. 함께 있는 것만으로 자신의 의지와 상관없이 비교당하고 경쟁하니 불편해질 수밖에 없다.

동네언니의 상담일기

경은이가 내가 좋아하는 선생님께 칭찬받았다고 연락이 왔다. 그때 질투심에 공황증상과 불면증이 올 정도였다. 함께 기뻐하지 못하는 내가 너무나도 싫었다. 마음은 진심으로 축하하고 싶으나, 축하할 수 없도록 몸의 통증이 오니 고통스러웠다. 경쟁심을 느낄 때 몸이 바로 전쟁터에 들어가 버린 탓이었다. 이렇게까지 강한 질투심을 느끼는 내가 불편했고 이해가 되지 않았다. 상당한 괴로움이었기에, 질투심에 몸이 괴로워할 때마다 공황증상을 다루듯 호흡과 명상을 하며 내 마음을 다스리곤 했다. 오랜 시간 경쟁심과 질투심에 대해 상담받으며 고배율 현미경으로 보듯 섬세하게 내 마음을 들여다보았다.

만 4년 동안 상담을 받으며 질투와 경쟁에 대해 정확한 알아차림으로 이어진 건 2023년 8월 집단 상담에서였다. 내가 주목받고 있는 다른 집단원에게 공격적인 말을 할 때가 있었다. 생각 없이 가볍게 뱉은 말이었다. 리더는 그 말이 공격임을 말해줬다. 당사자는 괜찮다고 했지만 나는 삐져나오듯 한 말에 마음이 불편했다. 리더는 내게 공격적인 말을 한 이유를 물었다. 당시 그 집단원에게 화가 난 게 있나 찾아봤다. 그날 처음 만난 집단원에게 화낼 이유가 없었다. 리더가 내게 말했다.

"존재를 드러내기 위해 한 말인가요?"

주목받고 있는 집단원을 향해 내 존재를 드러내기 위해 공격했는지 곱씹어 봤다. 한참을 고민해 보니 그 말이 수긍이 갔다. 내 존재를 드러내는 말. 나보다 더 주목받고 있는 다른 집단원에게 바로 알아차린 건 아니지만 질투심이 느껴졌다. 더 나중에 알게 된 사실은, 공격하는 말 외에도 주목받고 있는 사람들의 말을 무시할 때가 많았다.

나보다 뭔가 잘하는 사람에게 느끼는 질투심은 아무것도 아니었다. 알아차림 없이 하는 공격과 질투심이 훨씬 많았다. 존재가 자신을 드러내기 위해 나보다 더 튀는 사람에게 공격한다니 이를 곱씹어 보니 평소 욕구를 무시해서 생긴 일임이 느껴졌다. 이를 해결하기 위해서는 자신의 욕구에 접촉해야 한다. 그런데 그게 어떤 욕구인지 막막했다. 하지만 이에 대한 해결은 집단 상담 경험에서 왔다.

2024년 1월 집단 상담에 참여했다.

"나에게 사랑을 주세요."

라고 요청하는 집단원이 있었다. 그 말에 나의 욕구를 알아차렸다.

'내가 바라는 건 사랑이었구나.'
'나도 간절히 사랑받고 싶었구나!'

동네언니의 상담일기

사람들에게 사랑을 바라는 건 언감생심이었다. 앞서 언급한 것처럼 부모에게 사랑과 관심받고자 했던 어린 시절 욕구가 좌절되어 일어나는 현상이다. 성장하며 유독 인기가 없었다. 뚱뚱하고 문제 많은 내가 사랑해 달라고 요구하는 건 욕심 같았다. 사람들을 돕고 친절하게 대하고, 또 잘하려 애쓰며 인정받기만을 원했다. 그런데 당당하게 사랑을 원하는 집단원을 보며 내가 원하는 게 사랑이었음을 깨달았다. 집단 상담이 끝나고 상담자에게 뒤늦게 말하니 놀라워했다. 온몸으로 사랑 달라고 표현해 놓고 정말 몰랐냐며 물었다.

사랑받고 싶다는 마음을 욕심으로 여기며 철저하게 차단한 탓이었다.

나는 사랑받을 수 없는데 사랑해 달라고 당당하게 표현하는 친구가 꼴 보기 싫었던 적도 있었다. 하지만 미움을 친구에게 표현할 수 없었다. 그것은 나조차 이해할 수 없는 나쁜 마음이라 생각했기 때문이다.

그날 "사랑받고 싶다."라고 말하는 집단원의 고백에 나도 용기가 생겼다. 그리고 비로소 내 마음을 인정할 수 있었다. 사랑받고 싶은 마음을 나조차 몰라주니 누군가가 사랑받고 주목받는 모습을 보면 강한 질투가 났음을 알아차렸다. 그동안 친구가 미워질 때마다 오랜 시간 괴로웠다. 하지만 사랑받고 싶은 욕구를 나조차 알아봐 주지 않아 존재가 강하게 목소리를 내는 것이었다.

주인이 알아주지 않아도 존재는 목소리를 낸다. 그리고 어떻게든 자신을 드러내려고 한다. 사랑받고 싶다고 말하면 욕심쟁이라며 버림받을 것을 예상했다. 나도 그런 친구가 미웠으니 당당하게 사랑해 달라고 표현하는 건 어려웠다. 또 스스로 잘못된 존재라 여기니 사랑받고 싶다고 말한다는 건 죽도록 무서운 일이었다. 거절에 대한 민감함도 있었다. 이기지 못할 게임을 금방 포기한 것처럼 사랑에 대한 마음도 내내 숨기며 살아왔다. 하지만 존재는 사랑을 갈구하며 계속해서 말을 걸어왔다. 이겨야 사랑받는다고 생각했을 테니 더더욱 경쟁하면서 말이다.

나조차 나를 있는 그대로 사랑하지 않았음이 느껴졌다. 또 존재가 하는 말을 무시하며 듣지 않았다. 이젠 존재가 하는 말을 들으려 애쓰고 있다. 내가 질투심을 느끼면 마음을 만난다. '나 사랑받고 싶어.'라는 목소리에 반응하며 관심을 가진다. 질투심이 느껴질 때 내 마음을 외면하지 않았다. 질투심의 감정을 충분히 느끼고 그럴 수 있다고 공감하면 질투심은 옅어졌다.

존재의 질투심을 이해하고 난 후 사람들을 보는 마음이 달라졌다. 배려하는 마음이 생긴 것은 큰 수확이다. 내 존재가 사랑받고, 인정받길 원하듯 모든 존재는 각자 자신의 몫만큼의 사랑과 관심을 원한다. 그동안 나를 온몸으로 과하게 사랑을 달라고 표현했다. 이런 나를 보며 같은 질투심을 느낄 사람들도 많았을 것이다. 이젠 나의 몫만큼만 표현하고 바라는 것을 연

습해 보고 있다. 하지만 단단한 알아차림이 없으면 금방 옛 습관으로 돌아

갈 때가 많다. 그럴 때 좌절하지 않는 마음이 중요하다. 몇 번의 연습에 금

방 고쳐질 수 있는 부분은 아니기 때문이다.

나와 관계
모두를 지키는
대화의 기술

1) 거절의 근육 키우기

나의 어머니는 화병이 있다. 반추사고(우울증이 있는 사람들에게 자주 보이는 걱정 혹은 과거 기억과 생각들이 침투하듯 떠오르는 것을 말한다. 반추가 심하면 우울증으로 진행되는 경우가 많다. 또 반대로 우울증이 심할 때 반추사고가 생기기도 한다. 반추사고가 있으면 약물치료를 병행하는 게 좋다.)도 심해 혼잣말을 하며 화를 낸다. 어머니가 보낸 시간을 생각하면 이해는 된다. 문제는 힘들었던 경험을 나에게 전화해서 하소연한다는 점이었다. 내가 힘들어서 심리상담을 받고 있다고 해도, "요즘은 잘 지내니? 어떻게 지내? 상담은 어때?"라는 안부는 없다. 과거의 이야기를 폭탄처럼 쏟아내며 "할머니가…. 너라면 어떻게 해야겠니?"라고 물을 때가 많았다. 주로 아버지를 탓하는 말이었다. 과거엔 말을 흘려듣거나 대충 대답하고 전화를 끊었지만 내가 소진되자 어머니의 이야기가 고통스럽게 다가왔다.

"제발 그만해! 나는 엄마의 상담사가 아니야."

울먹이며 비명에 가까운 소리를 질렀다. 이에 놀란 어머니는 전화를 끊었다. 이렇게 화를 내고 나면 극심한 죄책감과 우울함이 찾아왔다. 그래서 몇 시간 후엔 다시 전화해서 친절하게 사과하고 마음을 묻는 패턴이 반복됐다. 사람이 컨디션이 좋을 땐 들을 수 있는 말도 소진이 되면 듣는 게 힘들어진다. 그런데 욕을 하는 대상이 아버지라서 더 고통스러웠다. 어머니의 험담은 내 마음의 기둥을 앗아가는 기분이었다. 듣는 괴로움에 어머니께 화를 내면 어김없이 우울감과 죄책감이 찾아오니 감옥에 갇힌 기분이 들었다.

어머니에게 정당한 거절이 어려웠다. 또 쏟아내듯 말하면 무기력해져 대응하지 못했다. 어머니가 말씀하시는 대부분은 아버지에 대한 험담이었다. 자식으로서 어머니를 시집살이하도록 방치한 아버지가 원망스럽겠다는 이해하는 마음도 있었다. 하지만 나는 내가 학대당할 때 지켜주지 못했던 어머니를 탓한 적이 한 번도 없었다. 그런데 어머니는 아버지를 탓하니 화가 났다. 아무리 자식이 잘 듣는다 해도 배우자의 욕을 자녀에게 하는 건 큰 상처다.

어머니와 서로 다치지 않을 적당한 거리를 만들어야 했다. 내가 들을 수 있는 이야기와 들을 수 없는 이야기를 구분해야 한다. 자녀라고 해서 부모의 모든 이야기를 들어야 하는 건 아니다. 자식에게 배우자의 험담을 하면 자식은 경계를 세울 수 없다. 아무리 아내에게 나쁜 남편이어도 자식에겐 아버지이기 때문이다. 두 번째, 자신이 들을 수 있는 이야기의 범위를 결정했다면 이를 부모에게 전달해야 한다. 경계를 설정하고 전달한다고 모든 부모가 바로 실천할 수 있는 건 아니다. 자녀의 이야기를 들어주지 않는 부모도 많다.

상담을 받으며 상담자가 내가 느낀 화가 정당한 것임을 말해주었을 때 처음으로 어머니를 향한 경계를 세울 수 있었다. 한번 선을 긋는다고 어머니가 바로 멈춘 건 아니다. 본인도 이유가 있어서 하는 하소연이기 때문이다. 그때마다 단호하게 들을 수 없다고 말했다. 여러 번 화를 내며 선을 그은 후에야 아버지 이야기는 확실히 덜해졌다. 이 부분은 모든 부모가 가능한 것은 아니다. 어쩌면 더 화를 내며 나까지 싸잡아 욕할 수도 있다. 그럴 때 부모여도 내가 안전하게 느낄 수 있는 거리를 찾는 게 필요하다.

중요한 것은 부모님에 대해 정확하게 바라볼 수 있어야 한다. 그저 좋은 분이라고 생각하면 내가 나쁜 사람이라는 생각에 빠지기 쉽다. 내 마음이 어떻게 흘러가고 있는지도 알아차려야 한다. 어머니를 사랑하지만, 어머니의 하소연은 싫다는 사실을 인정할 때 이 감옥에서 벗어날 수 있다. 내 감정엔 죄가 없다. 죄책감에 나 자신을 감옥에 가두며 살았다는 사실을 알 때 비로소 자유로워졌다.

동네언니의 상담일기

이런 과정을 거치고 어머니와의 관계가 안정됐다. 사랑하지만 미운 감정도 있음을 인정하고 나니 자유가 찾아왔다. 이런 경계를 갖는 게 필요한 이유는 부모와 나 사이의 패턴이 자녀와도 반복될 수 있기 때문이다. 경계는 대물림되기에 주의해야 한다. 문제의식이 없으면 나도 자식에게 같은 실수를 할 수 있다. 자녀에게 많은 부분 의지하다 보니 나도 자녀의 경계를 침범한 부분이 있었다. **어머니의 행동으로 내 마음이 불편했음을 받아들일 때 자녀에게 했던 경계 침범을 이해하고 멈출 수 있다.**

가끔 어머니가 과거의 일로 하소연을 하면 지금은 알아차림을 먼저 한다. 어머니의 이야기가 불편해도 에너지와 시간이 된다면 천천히 듣는 날도 있다. 하지만 듣기 힘든 날에는 "오늘은 어머니의 말이 듣기 힘든데 혹시 먼저 전화를 끊어도 될까요?"라며 제안한다. 과거 폭발하듯 화를 냈던 것과는 다르다. 전화를 끊고 나서도 죄책감이 생기지 않았다.

2) 저는 선생님께 화가 나요

상담자와 함께 있을 때의 내가 참 좋았다. 나의 이야기를 재미있게 들어주는 상담자를 보며 내 말이 재미있는 건가 싶어 신이 났다. 나에게 물어주는 상담자의 태도가 관심으로 여겨졌다. 내 말을 귀 기울여 듣는 자세에서 존중받는 느낌도 들었다. 상담자와 함께 있으면 내가 중요한 사람이 된 것 같았다.

상담을 받은 지 만 3년이 지나 많이 회복되어 종결을 앞두고 있었다. 무작정 좋기만 했던 상담자였지만 어느 날 상담자의 화를 만나고 말았다. 당시 화를 내고 있다는 걸 바로 알아차린 상담자가 부드럽게 말하며 마무리했다. 그날 상담은 잘 마무리됐지만 나를 질책하던 한마디가 마음에 크게 남았다.

그동안 상담을 받으며 나를 질책한다고 느껴질 때가 많았지만 대부분은 나의 지각이었다. 그날처럼 서로가 인정할 만큼 화를 내는 경우는 처음이었다. 상담자의 한마디에 세상이 안전하지 않게 느껴졌고 무척 힘들었다. 하지만 아무렇지 않은 척 상담실을 나왔다. 상담자가 나에게 화를 냈다는 사실을 인정하는 건 무서운 일이었다. 상담 직후 만난 지인은 멍한 표정을 한 나에게 "지금 여기에 안 계시네요."라고 말했다. 그날 하루 종일 무서움에 계속 멍해졌고, 눈의 초점은 사라졌다. 이후 괜찮은 척 노력하며 감정을 피했다.

상담자의 화는 찰나였지만 후폭풍은 컸다. 그동안 단단히 쌓여왔던 신뢰가 한순간 무너지는 경험이었다. 더 이상 상담자가 믿어지지 않았다. 어릴 적 학대의 흔적은 3년의 치료가 무색하게 상담자의 짧은 화에 빠르게 두려움이 소환될 만큼 강력했다. 이후 상담을 받으러 가서 아무렇지 않은 척했다. 하지만 예전처럼 어떤 말이든 편하게 말하는 건 어렵게 느껴졌다.

상담 장면에서 상담자가 화를 내는 경우는 드물지만 의도하지 않은 말이나 태도에 서운함과 화를 느끼게 될 때가 있다. 이때 무조건 상담자의 말이 옳겠거니 하고 생각하게 되면 과거의 패턴을 반복하게 된다. 나는 '상담자의 말이 맞겠지.', '내가 잘못한 게 있어서 화를 내는 거겠지.' 생각하며 나의 잘못을 찾았던 습관이 다시 반복되고 있었다.

하지만 또 다른 나의 마음은 달랐다. 꽁꽁 눌러놓은 감정이었지만 어느 순간 나도 의식하지 못한 채 상담자를 공격하기 시작했다. "도대체 무슨 짓을 하셨길래요." 상담자에게 했던 말이었다. 순간 말하고 나서 아차 싶은 말투들이 나오기 시작했다. 상담자에게 서운하거나 화가 났을 때 내가 사용하는 어휘가 달라졌다. 거친 말투가 나오기 시작하자 상담자가 물었다.

"지현 씨 마음이 어떠세요?"

내 감정을 다시 차단하고 있었기에 1초의 머무름도 없이 "괜찮은데요."라고 말했다. 오랜 시간 만나온 상담자가 '괜찮다'는 말에 쉽게 넘어갈 리 없었다.

"다시 한번 머물러보세요. 너무 빨라요."

다시 내 몸을 알아차리고 느껴봤다. 온몸이 딱딱하게 굳어서 등이 아플 지경이었다. 몸이 긴장하고 있음이 알아차려졌다. 상담자와 함께 있는 그 시간 안전하지 않다고 느끼고 있었다.

"저는 선생님이 더 이상 안전하지 않아요."

나는 화를 내듯 큰 소리로 말했다. 그날 상담은 이 말을 하고 끝이 났다. 일주일 내내 그날 상담이 생각났다. 그동안 상담자에게 서운함이 들 땐 직접 표현하는 걸 연습했었다. 그때마다 내 말을 경청해 줬던 상담자였기에 감정을 표현해도 괜찮다는 신뢰가 있었다. 그런데 상담자의 화에 놀라 다시 과거와 같은 패턴으로 행동하고 있었다. 감정을 표현하지 못하고 수동 공격적으로 화를 표현했음을 알아차렸다. 상담자에게 화가 났다는 걸 뒤늦게 알아차렸다.

어떤 상담이든 상담자의 의도치 않은 실수는 내담자에겐 좋은 실험의 장이 된다. 내가 느끼는 감정을 직접 말해보는 게 중요하다. 어릴 적에는 부모를 믿을 수 없어서 삼켰던 감정을 상담자와 함께 느끼고 말해보는 경험은 새로운 학습이 된다. 머리로는 알고 있어도 직접 하는 것은 큰 차이가 있다.

동네언니의 상담일기

"저는 선생님께 화가 나요."

다음 만남에서 상담자에게 화가 난 마음을 직접 말했다. 그동안 상담을 받으며 '서운함'을 표현한 적은 있었지만 '화'에 대한 표현은 처음이었다. "난 너에게 화가 나."라고 말하는 게 세상에서 가장 어려웠던 나였다. 무엇보다 권위자라 생각한 상담자에게 '화'가 난다고 말하는 건 상담을 그만두는 것보다 훨씬 어려웠다. 상담자와의 경험은 새로운 길로 가 보는 연습이 되었다.

"그날 선생님 말씀이 너무 아팠어요."

그날 상담자는 나의 서운함과 아픔을 충분히 물어주고 들어주었다. 30년 지기 친구에게조차 화가 났다는 말을 어려워하는 나였다. 당연히 권위자에게 감정을 말하는 건 상상하지 못하던 일이었지만 좋은 경험이었다. 아무리 실력 있는 상담자라 해도 완벽할 수 없다. 상담자도 실수할 수 있다. 반복해서 내 마음을 상담자에게 표현하는 연습으로 새로운 길로 갈 수 있었다. 반복해서 연습할 때 새로운 길에 익숙해진다.

3) 무력감은 나의 선택

대인관계에서 나는 거절을 못 하는 사람이었다. 거절의 근육이 거의 없어 사람들이 나에게 불편한 부분을 요구해도 거절하지 못했다. 내가 불편하다는 사실을 바로 인식하지 못했고, 불편함을 알아차려도 상대에게 말하지 못했다.

나는 친구가 연락해서 만나자고 하면 빠르게 승낙해 버렸다. 전화를 끊고 나서 후회하는 일도 많았지만 특별한 일이 아니라면 아파도 약속을 지키는 사람이었다. 몇 번이나 오늘 안 되겠다고 생각해도 막상 거절하려고 하면 입이 떨어지지 않았다. 그러나 오랜 상담 끝에 체력적으로 힘들 땐 거절해야 할 필요가 있음을 알게 됐다.

"이젠 끊자."

"오늘은 통화하기 힘들어."

"이번엔 만나기 어려울 것 같아."

오랜 상담 끝에 가까운 사이에선 거절할 수 있었다. 문제는 내가 거절해도 듣지 못하는 사람들이었다. 사람들의 험담을 자주 하는 희진이와 오랜만에 만났을 때였다. 그날도 어김없이 친구들의 험담이 시작되었다. 감정 쓰레기통이 된 것 같아 힘든 마음이 들었다.

"그 말을 듣는 게 힘들어."

"5분만 더 들어줘, 나 이 말만 할게."

희진이는 험담 듣는 건 힘들다고 거절해도 더 들어달라고 말하며 30분을 넘기기 일쑤였다. 희진이의 말이 계속 이어지면 나는 힘이 쭉 빠지고 무력감이 느껴졌다. 내 영혼을 도둑맞는 기분이 들었다. 상대의 말을 듣는 게 힘들 땐 적절한 경계를 설정해야 한다. 그런데 나는 이후 말하지 못하고 무력감을 느꼈다.

상담자와 이야기를 나누다 보니 친구의 말에 경계를 세우지 못하고 무력해지는 모습이 학대당하던 어머니의 모습과 닮아 있다는 생각이 들었다. 결국 누군가 강하게 내게 말하면 그냥 무기력해지는 모습이 학습된 것이었다. 그 생각에 이르자 어지러움이 느껴지며 팔이 저려 왔다. 몸의 반응이 무척 격렬했다. 그동안 어머니와는 다르게 힘 있는 삶을 살기 위해 애써왔는데, 결국 어머니와 닮아 있었다. 내가 고통스러워하자 상담자는 모든 모습이 어머니와 같진 않다고 말했다. 내 모습이지만 순간 도망가고 싶단 생각이 들며 멍해졌다.

"무력감을 선택하신 거네요."

상담자의 말에 순간 뒤통수를 강하게 맞는 기분이 들었다.

결국 관계 안에서 내 경계를 끝까지 주장하지 않기로 한 건 내 선택이었다.

며칠 전에도 비슷한 일이 있었다. 선희에게 힘들다고 거절하는데도 내 말을 듣지 않았다. 계속 말하는 선희를 보며 그때도 무기력해져 '선희와 거리를 둬야겠다.'라고 생각했다. 그런데 상담자는 이런 태도가 선희에겐 안전을 제공할 수 없다고 말했다. 나는 선희에게 힘들다는 말을 명확하게 표현해야 했다. 이제 무기력해지지 않고 힘들 땐 힘들다고 말하는 선택을 하기로 결심했다.

경계를 갖기 위해선 평소 어디까지 허용할 수 있는지 생각해 둬야 한다. 자신을 침범하는 사람에게 표현을 할 수 있어야한다. 처음엔 부드럽게 이야기할 수 있다. 하지만 거듭 강하게 침범하는 사람들에게 짧고, 분명한 언어로 단호하게 말해야 한다. 그렇지 않으면 자신의 경계를 강하게 침범해도 자신을 지키기 어려워진다.[19]

집단 상담에서도 이런 경험은 반복됐다. 집단원이 내게 강하게 말하면 한 번은 거절하지만 계속 밀어붙이면 무기력해졌다. 경계를 강하게 밀어붙이는 사람에게 화내거나 거절하지 못하고 허물어졌다는 걸 깨닫게 됐다.

나는 불쾌함이 느껴질 때 순간 긴장감에 몸이 굳어버렸다. 상대가 강하게 밀고 들어올 때 무기력을 선택하게 되면 폭력에 쉽게 노출되기도 한다. 이날 상담자는 상담받으면 완벽해질 거로 생각하지만 어린 시절의 경험은 삶에 오랜 시간 영향을 미친다고 했다.

이젠 알아차림을 가지고 긴장해서 굳는 순간 무기력해지지 않고 선을 긋는 선택을 하기로 결심했다.

생각에
속지 않는
지혜

2022년 11월, 내가 좋아하던 모임에서 몇몇 사람들이 나에게 강한 불만을 표현했다. 열심히 활동할 때 나온 불만이라 놀라고 주눅이 들었다. 내게 직접 말한 사람도 있었고, 모임장에게 불만을 전달한 사람도 있었다. 모임장이 불러서 그동안 지켜본 내 행동에 대해 조심스럽게 이야기해 줬다. 모든 일정 중 가장 우선순위에 놓을 만큼 중요하게 생각했던 모임에서 잘못했다는 말을 들으니 괴로움이 느껴졌다. 모임에서 잘하려 애써왔던 게 오히려 문제가 됐다는 사실에 억울함도 들었다. 이후 깊이 신뢰하던 모임에서 아무도 없이 혼자 남겨진 것 같았다.

23년 1월, 평소와는 다른 집단 상담에 참여하게 됐다. 지난 11월의 경험이 강렬했던 탓에 집단 상담에서 말하는 게 어렵게 느껴졌다. 특히 늘 참여하던 곳과는 다른 집단이라 계속 멍해지고 긴장이 됐다. 어린 시절 부정적 경험자의 경우 상대를 침범하고 통제하는 부분이 있다. 이런 부분이 지난

동네언니의 상담일기

집단 상담과 모임에서 반복해서 드러났다. 그러다 보니 같은 실수를 하게 될까봐 두려움이 느껴졌다.

"잘해야만 해. 잘하지 않으면 버림받을 거야."

집단 리더와 이야기를 나누다 보니 실수에 대한 두려움이 있음을 알게 됐다. 더불어 실수하면 사람들이 나를 싫어할 거라 예상하니 몸이 자꾸 굳고, 입이 떨어지지 않았다.

"잘하지 않으면 버림받을 거라는 걸 어떻게 알게 되셨어요?"

집단의 리더가 물었다. 큰어머니와의 사건이 생각났다. 그리고 지난 11월 사건과 연결되며 집단원들이 보는 앞에서 오열이 나왔다.

"생각 속의 '나'가 본연의 '나'라고 알고 계셨네요."

나를 자유롭게 해준 말이었다. 그동안 끊임없이 '나'라고 생각해 왔던 것들이 있었다. 욕심 많은 나, 문제 많은 나 등등. 그동안 끊임없이 문제가 많다고 생각했다. 문제 있는 나라고 생각했기에 끊임없이 잘해야 한다며 채찍질해 왔다. 그런데 생각은 생각일 뿐 '본연의 나'가 아니라는 말에 모든 결계가 풀린 듯 자유로움이 느껴졌다. 무엇이든 나를 규정지은 건 내 생각일 뿐 '나'의 실체가 아니라는 뜻이었다. 지금 생각을 알아차리는 게 나, 그리고 무언가보고 있는 게 나. 지금 여기에서 느끼고 있는 게 본연의 나라고 했다. 상담자의 언어에 깨달음이 크게 왔다. 그리고 생각에 빠지게 되면 지금 여기에 연결이 끊기게 된다고 했다. 게슈탈트 영성 상담을 통해 얻은 중요한 변화였다.

사람들이 나를 평가하고 비난할 것 같다는 생각이 있었다. 그래서 자유롭게 참여하길 두려워하는 마음이었다. 하지만 많은 부분 내 생각이라는 걸 깨닫게 됐다. **상대의 진심이 아닌 내 생각에 갇혀 두려워하고 있다는 것을 알게 된 게 새롭게 다가왔다.** 생각해 보니 그랬다. 상대는 아무 생각이 없음에도 지레 겁을 먹고 다가가지 못하거나 혼자 도망 다닐 때가 많았다. 또 늘 누군가와 함께 있으면서 과거에 사로잡히거나 미래에 가 있었음도 알아차렸다.

"느끼고 있는 게 본연의 나다.", "생각 속의 나는 진짜 내가 아니다."라는 말이 깨달음으로 연결됐다. 나에 관한 판단이 들어가지 않으니 두려워할 이유가 없었다. 이후 몸이 느끼는 두려움이 바로 없어진 건 아니었다. 하지만 그동안 연습해 왔던 심호흡을 하니 여유가 생겼다. 배가 아픈 것도 나고 생각하는 것도 나다. 상대를 두려워할 필요가 없었다.

동네언니의 상담일기

호흡에 집중해 보라고 했다. 보이는 것이 무엇인지 물었다. 두려워서 온몸에 긴장하는 몸이 알아차려졌다. 좀 더 환경을 보며 호흡해 보니 바다 위에 출렁이며 떠 있던 배가 닻을 내린 듯 안정감이 느껴졌다. 그렇게 내 것과 생각을 구분하기 시작했다. 지금 여기에 머물게 하며 나의 몸을 느끼게 하는 영성 상담은 내 존재에 온전히 접촉한다는 감각을 줬다.

내가
대단한 존재라는
환상

"왜 지현 씨만 좋은 경험을 해야 한다고 생각하세요? 특별해지려고 하고 있어요."

    모임에서 만난 상은이가 있었다. 상은이가 불편해서 모임에서 나오게 됐다. 내가 빠진 모임이 최고의 경험이 됐다고 말하니 시기심이 느껴졌다. 그 모임에서 빠진 건 내 선택이었다. 하지만 모임이 너무 좋았다고 말하며 자신을 과하게 드러내는 상은이의 행동을 문제 삼고 싶은 마음이 들었다. 나는 평소에도 질투심이 강한 사람이었다. 상담자가 그런 내 마음에 공감해 주길 원했다. 그런데 공감 대신 "특별해지려고 한다."라고 말했다. "나만 좋은 경험을 해야 한다."라고 생각한다는 것도 받아들이기 어려웠다. 상담자의 말이 이해되지 않아 되물었다.

"저의 어떤 부분이 특별해지려고 한다는 거예요?"

질문으로 상담자의 언어를 이해하려 노력한 건 중요한 변화였다.

과거라면 혼자 상상하며 질책으로 받아들였을 것이다. 다 이해한 건 아니었지만 그날은 상담자의 말을 질책으로 받아들이진 않았다. 오랜 상담을 통해 시간이 지나면 삶의 통찰로 돌아올 상담자의 언어를 신뢰했기 때문이다.

시간이 지나자 특별해지려 한다는 말의 의미가 조금씩 스며들었다. 상담자의 말이 알아차려지기까지 1년이 걸렸다. 상담자는 그 순간 내가 아프게 느낄 말이라도 시간이 지나면 관계에서 깨달아질 말들을 소설 속 복선처럼 주는 사람이었다. 상담자의 말이 생활 속에 깨달음이 오면 관계에서의 회복이 선물로 따라왔다.

'특별해지려 한다.'라는 건 참이었다. 특별해져야 안전해진다고 믿었기 때문이다. 이 부분은 새로운 환경에서 시작하니 깨달아졌다. 모든 상황에 그런 건 아니었지만 많은 사람이 있는 자리에서 내가 말할 때 권위자가 웃으면 이후에도 쭉 내게 호의가 있다고 느꼈다. 권위자가 두루 보는 시선을 나를 향한 호의적인 메시지로 받아들였다. 또 어떤 의견이 관철되면 내가 있었기에 가능해졌다며 뿌듯해하고 있다는 게 알아차려졌다. 그때 상담자의 말이 생각났다. **내가 중요한 사람이라는 착각과 자꾸 특별해지려 노력하고 있음이 알아차려졌다.**

어린 시절 부정적 경험자의 거대자기는 특별해지려는 문제로 연결된다. 이들은 어딜 가든 경탄을 받아야 하고, 필요로 한다. 경탄을 받기 위해 하는 일마다 멋지게 해내려 노력한다.[20] 물론 스스로에게는 중요한 존재가 맞다. 하지만 우리는 만남 가운데 각자의 몫으로 만나고 헤어진다. 내 몫도 있지만 모두 함께하기에 가능했음에도 내 말에 더 웃고 분위기가 좋아진다고 생각한 건 자만이었다. **긍정적인 착각이지만 '특별한 사람'이라는 것은 다들 나를 주의 깊게 보고 있을 거라는 족쇄를 차게 된다.** 이는 스스로 힘들게 하는 것이었다.

특별한 사람이 되고자 애쓰는 건, 학대당하던 상황에서는 재미있게 말함으로써 보호받는 게 맞았다. 열심히 사람들을 돕고 재미있게 만들어서 특별한 사람이 되면 버림받지 않을 거라 여겼다. 이런 특별한 사람이라는 착각은 삶의 문제를 많이 일으켰다. 특별함의 시작은 위험에서의 보호였다. 하지만 내가 중요하다는 인식은 상담자에 대한 침범으로 이어졌다. 내게 힘든 일이 생기면 나를 보호해야 하는 사람으로 대했다. 이는 내가 원하는 방식으로 위로를 해 달라는 요구로 이어졌다. 상담자는 때론 이런 요구를 거절했다. 지금 생각하면 적절한 좌절이었지만 그때 나에게 깊은 우울감이 찾아왔었다. 상담자에 대한 존중은 없었다.

또 특별한 사람이 되려고 노력하게 되면 관계에서도 많은 문제가 일어난다. 특별한 사람이라는 자체가 비교에서 시작되는 일이기 때문이다. 이런 비교는 경쟁을 만든다. 모임에서 내가 특별한 존재가 아니라면 위험하다는 착각을 일으켜 함께하는 사람들과의 경쟁을 시작할 수밖에 없다. 특별한 사람이 되기 위해 앞만 보고 달리며 더 잘해야 한다며 나를 채찍질했다. 또 실수하면 안 된다며 몰아붙였던 부분도 있다.

나의 목표를 위해 사는 게 아닌 누군가를 이기기 위해 사는 삶은 힘들다.

또 다른 문제는 나보다 더 특별하게 여겨지는 사람이 나타나면 느껴지는 질투심과 괴로움이었다. 알아차린 건 칭찬받고 찬사를 받는 사람을 보니 찰나의 순간 상대를 무시하는 마음이 들었다. 그리고 상대를 경쟁자로 여기며 나를 드러내고 싶었다. '나도 특별한 사람'이라며 드러내고 싶은 마음이 연결되었다. 알아차리니 말을 참을 수 있었다. 과거엔 이런 알아차림이 없었다. 과거엔 이런 늪에 빠져 경쟁자가 꼬였고, 자꾸 내 곁에 적이 만들어졌다. 이와 함께 왔던 건 어느 순간 생긴 대인관계의 갈등이었다. 경쟁자를 좋아할 사람들은 없다.

마침 나를 배제하고 만든 모임이 있다는 걸 알게 됐다. 오랜 시간 함께한 동료들이 나를 뺀 모임을 만들었다고 알게 될 때의 서운함은 컸다. 자꾸 말하면서 서운함이 토해졌다. 하지만 곧 깨달았다. 나라고 이런 일이 생기면 안 될 일인가. 지금까지 생각하면 무수하게 내 중심의 모임을 만들어왔다.

동료들이 나를 뺀 모임을 만든 것 또한 어쩔 수 없는 일이라는 받아들임이 생겼다. 물론 서운함은 있지만 그 서운함은 상대가 아닌 내가 알아줘야 할 일이었다. 이렇게 알아차림을 가지고 내 마음을 만났다.

이 과정에서 상대를 특별하게 여기는 마음도 문제가 됨을 배우게 되었다. 한 사람을 특별하게 여기게 되면 이상화의 문제가 생긴다. 상대를 존재 그대로 보지 못하고 내가 상상하는 모습으로 상대를 대하며 요구하는 것이다. 나는 상담자를 권위자로 여겨 이상화해서 보았다. 그렇게 되고 나니 상담자의 관심과 사랑에 자꾸 목말라하게 되었다. 상담자의 한마디 한마디에 크게 영향을 받고 있음을 알아차리게 되었다. 이 또한 '나-너'의 관계는 상실되게 한다.

지금도 알아차림이 없으면 금방 특별해지려 노력하는 나를 만난다. 하지만 그 순간 다시 멈추고 본연의 나를 만나려 노력한다. 각자의 몫의 나로 있을 때 편안해짐을 배워가고 있다.

다시
옛길로 향하다

2024년 3월, 박사과정에 입학했다. 9년 동안 고민하고 지원한 박사과정이었다. 지원 전 상담을 받았다. 박사를 시작하면 스트레스로 힘들 것 같았지만 그래도 하고 싶었다. 무엇보다 지금 하지 않으면 70세 때도 고민할 것 같았다. 오랜 고민 끝에 지원했지만, 막상 합격하니 덜컥 겁이 났다. 이후 악몽을 꾸며 괴로운 시간을 보냈다. 학업을 감당할 수 없을 것 같은 두려움이었다. 무엇보다 학교가 집에서 2시간 거리라 체력적인 부담도 있었다.

"잘하지 못하면 어떻게 하지?"
두려움이 크니 큰아들과 대화에서 계속 흘러나온 말이었다.

"꼭 잘해야 하는 거예요?"
내 말을 들은 큰아들이 물었다.

'내가 잘하려고 하니 다시 악몽을 꾸고 스트레스를 받았구나!' 알아차림이 왔다. 잘하려고 하지 말고 겨우 졸업하는 수준으로 공부하자 결심했다. 단단하게 결심하고 준비했음에도 막상 입학하니 다시 과거 패턴을 반복하게 됐다.

3월 초 출판 계약까지 하며 해야 할 일의 무게가 더 쌓였다. 출판 계약이라도 해 둬야 여름 방학엔 책을 마무리할 수 있을 것 같아 밀어붙였다. 4년간 작업한 책을 마무리 지어야 박사과정에 집중할 수 있을 것 같은 마음도 있었다. 입학하고 첫 수업에서 과제가 나오자 잠잠해졌다고 생각했던 불안과 조급함이 찾아왔다. 불안과 조급함으로 눈이 돌아가는 느낌이 들었다. 온몸이 긴장으로 딱딱해져 잠도 오지 않았다. 과거와 다른 부분이라면 알아차림이 생겼다는 점이다.

그렇게 3주가 지나 상담을 가는 날이 되었다. 며칠 전부터 비염으로 하루 종일 잠이 왔다. 기침에 피로감이 느껴져서 건강보조식품을 30분마다 챙겨 먹었다. 그리곤 괜찮은 줄 알았다. 일요일에 쉬면 회복될 거라 생각했다. 그런데 월요일 상담가는 날 아침이 되니 비염은 더 심해지고 계속 졸렸다. 상담을 받은 기간 중 코로나에 걸렸을 때를 생각해도 그날이 가장 힘들었다. 상담이 끝나면 대학원에도 가야 했다. 그리고 저녁엔 수퍼비전(상담자들이 상담한 사례를 상위 지도자에게 교육받는 활동) 일정도 있었다. 심지어 지인과 점심 식사 약속도 있었으나 취소하지 못했다.

"명분이 없으면 약속을 취소하는 게 어려워요."

3주 만에 만난 상담자에게 말했다. 상담자와 만난 반가움에 신나게 말했지만, 침묵하면 당장이라도 쓰러질 듯 힘이 빠졌다. 걷기도 힘들 만큼 에너지가 없었다. 그럼에도 입원이나 확실한 전염병이 아니라면 약속을 취소할 생각은 하지 못했다. 특히 한 번 쉬면 모든 걸 포기해 버릴 것 같다는 공포가 다시 찾아왔다.

'너 하루라도 빠지면 앞으로 수업 안 들을 거잖아.'
'한번 쉬면 넌 일을 포기해 버릴 거잖아. 쉬면 안 돼!'

다시 나를 믿지 못해 협박하는 목소리가 들려왔다. '너무 잘하려 애쓰지 말자.' 입학 전 계속 결심했음에도 막상 입학하니 불안이 자극되었다. 성실하지 못한 모습을 보이면 교수님께 미움받을 거라는 마음도 있었다. 한번 빠지면 졸업할 때까지 학교 수업에 성실하지 않을 거라고 생각되니 아파도 쉬지 못하는 마음이 컸다. 그날은 끝까지 고민하다가 대학원 수업에 참여했다. 하지만 너무 힘들어서 40분을 남기고 집에 와야 했다.

그날 집에 오면서 알아차림이 생겼다. 나는 평소 약속을 어기거나 깨는 사람을 무척 싫어했다. 그런 부분이 나를 늦에 빠지게 했다는 것을 깨달았다. 평소 수업에 자주 빠지는 사람을 싫어하는 마음이 있었다. 약속을 자주 취소하는 사람에게는 마음이 멀어졌다. 직접 표현하지는 않았다. 하지만 내 마음이 그러니 상대도 약속을 취소하면 나를 멀리할 거라 여기고 있음을 알아차렸다. 약속을 가볍게 여기고 자주 취소하는 사람을 좋아할 사람은 없다. 하지만 아파도 약속은 지켜야 한다는 경직된 틀이 나를 힘들게 만들었다.

문제는 아픈데도 참여했던 수업이었다. 나는 하루라도 빠지면 앞으로도 수업은 설렁설렁 듣게 될 것 같았다. 과거에도 초반엔 열심히 해서 전 과목 A+을 받다가 대학원 졸업 학기 때 가끔 수업을 빠졌다. 내 기준에선 열심과는 거리가 먼 생활이었다. 어떤 수업은 출석해서 설렁설렁 듣기도 했다. 이런 나는 성실하지 못하다고 믿고 있었다. 그래서 아파도 절대 수업에 빠지면 안 된다고 강요하며 나를 다시 밀어붙이고 있었다.

'밀어붙였기에 더 지쳤던 게 아닐까?' 하는 생각이 들었다. 절대 빠지면 안 된다며 과하게 밀어붙이다가 지치면 태업을 시작했다. 아무리 강한 사람도 지칠 때가 있다. 그때 몸이 쉬게 해 달라고 감기도 걸리고, 몸이 아프다고 표현한다. 그래도 쉬지 않으면 공황으로 신호를 보낸다. 공황이 와도 강하게 밀어붙이면 결국 다 집어던지고 그때 하기 싫다며 드러누워 버리게 된다. 이게 내 기준에선 수업을 대충 들어야 했겠다는 연결이 되었다.

밀어붙이려는 마음과 쉬려는 두 마음이 적절한 조화를 이뤄야 한다. 알면서도 새로운 환경이 시작되니 다시 강하게 밀어붙였음을 알아차렸다. 오래 공부하기 위해선 다시 마음에 대한 알아차림을 가져야 한다. 몸의 이야기를 듣고 너그러운 조화를 이루며 가야 한다. 박사과정에 들어온 이유는 공부하기 위해서다. 공부가 목표가 되어야지, 학교 출석이 목표가 되면 곤란하다.

해결된 듯 느껴져 주의를 기울이지 않으면 과거의 패턴이 반복된다.

상담을 만 4년을 받았으니 알아차림도 되고 곧잘 할 것 같았다. 하지만 새로운 이벤트가 생기자, 모든 행동이 옛길로 가고 있었다. 과거와 달라진 점은 내가 하는 말과 몸의 반응을 알아차린다는 점이다. 다행히 지치기 전 힘든 몸과 마음을 알아차렸다. 습관처럼 하다가도 그 패턴을 오래 반복하지 않았다. 다시 과거의 패턴으로 돌아가고 있을 때 '아, 내가 안 좋아졌구나.' 자책하지 말자. 지도를 보며 옛길로 가고 있음을 알아차리고 새로운 길로 다시 가면 된다.

대학원에 입학해서 나를 살린 건 상담과 '매일, 짧게, 혼자'라는 규칙이었다. 이를 1년 이상 적용했지만, 새로운 환경에 들어가니 긴장이 빠르게 찾아왔다. 그럼에도 금방 건강을 회복하고 빠르게 대학원에 적응할 수 있었던 것은 매일 짧게 혼자 산책하고 쉬는 시간을 가졌기 때문이다.

예민해지고 짜증이 많아질 때 상담을 받으면 소진이 되어 있는 경우가 많았다. 몸과 마음을 알아차리지 못해 짜증을 내면서도 내가 지쳤다는 걸 몰랐다. 상담을 받으면서 관리를 하니 과거처럼 열심히 하다가 갑자기 포기하는 수준의 소진까지 가진 않았다. 하지만 가끔은 몸의 한계를 넘어 피곤해지면 짜증이 났다. 그럴 때는 몸의 상태를 알아차려 보면 피곤함이나 배가 고픈 경우가 많았다. 가끔은 감정적인 소진이 일어날 때도 있다. 누군가를 과하게 챙기거나 거절을 못 해 오랜 시간 원치 않은 대화를 할 때 몸과 마음이 빠르게 지쳤다.

내가 쉬어야 할 때라는 걸 알아차리는 기준은 상대의 말이 들리는지였다. 대화하다 보면 집중이 안 될 때가 있다. 그땐 쉬어야 할 때이다. 사람들을 만나서 소진이 되고 있다는 뜻이기도 했다. 또 책을 읽다가 내용이 머리에 들어오지 않으면 쉬어야 할 때라고 판단했다. 잘 읽다가도 어느 순간부터는 머리에서 방금 읽은 내용을 침 뱉듯 내보내는 느낌이 들 때도 있었다. 그땐 자거나, 의도적으로 책을 읽지 않았다. 무엇을 할 때 머리가 쉬어지는지 아는 것이 필요했다. 상담을 받기 시작하며 쉼에도 정성을 들였다.

내가 무엇을 할 때 회복되고 소진되는지 관심을 가졌다. 지금까지 알아차린 것은 맛있는 음식 먹기, 낯설고 오래된 동네 걷기, 익숙한 길을 여행자의 시선으로 바라보기, 미술관 가기, 조용한 음악 듣기, 숲이 보이는 조용한 카페에서 앉아 있기, 쉼을 주는 가벼운 책 읽기, 가까운 바다에 가기는 회복이 되는 활동이었다.

같은 음악도 종류에 따라 소진될 때 들을 수 있는 음악이 따로 있었다. 음악을 분류하고 듣고 싶은 음악을 구분해 갔다. 만남에서 받는 스트레스도 있었다. 과거에는 사람들을 만날 때 에너지가 충전되었다. 하지만 일정 시간이 지나면 지치는 것을 알아차렸다. 만남의 시간도 조절해야 했다. 에너지가 채워지는 활동이 무엇인지 알기 위해 노력했고, 쉴 땐 정성을 다했다. 공부하고, 상담사로 일하는 동안 건강하게 활동하려면 긴 호흡을 가지고 나를 돌볼 수 있어야 한다.

정신과 의사 하지현 선생님의 쉼에 대한 글을 본 건 그 무렵이었다. **매일, 짧게, 혼자'라는 쉼의 3요소가 내 마음에 들어왔다.**[21] 글에서 정성을 다해서 쉼을 실천하다가 지친다는 이야기였다. 짧은 휴가를 위해 여러 날 고민해서 숙소를 잡고, 여행 계획을 세우고, 맛집을 알아보는 과정에서 지칠 때가 많았다. 그렇게 준비한 휴가가 기대에 미치지 못하면 실망하게 된다. **"매일 정신적인 스트레스를 해소하는 습관이 나를 지킨다."**라는 내용이 특히 인상적이었다. 좋은 휴식의 조건인 '매일, 짧게, 혼자'는 실천하기 쉬웠다.

그날부터 매일 짧은 시간이지만 혼자 산책하기 시작했다. 다행히 내가 일하는 곳 가까이에 산과 강이 있었다. 걸어서 5분이면 근처 논과 밭이 있어 걸을 수 있었다. 짧은 틈을 내서 천천히 걷기 시작했다. 걸어보니 나는 강보다는 산이 좋았다. 산을 걸으며 매일의 변화를 느꼈다. 맨발로 흙을 밟으며 온몸으로 자연을 느꼈다. 천천히 호흡하며 지금-여기에서 보이는 것들에 집중했다. 내 몸의 움직임을 느꼈고, 소리에 집중했다. 새소리를 듣고 다양한 소리를 구분해 가기 시작했다. 바람이 불어 흔들거리는 나뭇잎 등 보이는 것들에 집중했다. 느껴지는 바람을 온전히 몸으로 느꼈다. 그럴 때 계절의 변화가 눈에 띄기 시작했다.

평소 길을 걸으면 가야 할 곳만을 향해 가던 사람이었다. 심리검사를 해보면 나는 목표지향 99%인 사람이다. 지각하는 게 싫어 늘 급하게 뛰다 보니 주변을 보지 못했다. 매일 의도한 짧은 쉼을 가지며 길에 머무르니 그동안 보지 못했던 풍경이 보였다. 동네에 철새 기러기가 머무는 곳임을 알았고, 봄이 되니 홍매화가 피어 있었다. 모내기 철이 되면 논에 물이 차오름을 알게 됐다. 가을이 되면 벼가 익는 모습도 보였다. 계절에 따라 달라지는 풍경을 보며 자연의 경이로움에 감사함을 느꼈다. 찰나의 순간이지만 전철을 타고 가면서 강이 나오면 꼭 바라보며 호흡한다. 짧은 쉼이지만 그날의 쌓인 스트레스를 비우는 작업이었다.

학교에 입학해서도 몸과 마음을 알아차리니 쉼이 필요한 순간이 알아차려졌다. 꼭 산이 아니어도 괜찮았다. 나의 욕구를 떠올리고 그 욕구를 존중하는 시간을 가졌다. 급할수록 산책하며 돌아서 갔다. 빡빡한 일상에서 숨 쉴 공간을 확보하는 작업이었다. 그렇게 마음의 안정감을 찾아갔다.

앞으로 가야 할 방향은 있지만 속도가 아닌 지금을 보게 되니 느껴지는 여유로움이 좋다.

수치심을
끌어안는
솔직함

어느 날, 나는 자살 생존자가 되었다. 자살 생존자는 사회적 관계 안에서 자살자로 인해 영향을 받는 사람을 말한다. 자살 생존자가 되니 심한 괴로움이 느껴졌다. 괴로움이 얼마나 극심했던지 간간이 멍해지고 집중이 되지 않았다. 도움을 요청해야 했다. 하지만 사람들에게 도움을 요청하는 게 어렵게 느껴졌다. 어쩔 수 없이 사회적 맥락에서 이야기해도 사람들이 침묵하니 부담스러웠다.

'내 이야기에 사람들이 힘들어하면 어떡하지?'

힘든 이야기에 고통받을 사람들의 마음이 더 크게 다가왔다. 이어 침묵을 견디지 못하고 "저는 괜찮아요."라고 말하고 있었다. 평소에도 극심하게 힘들면 오히려 사람들에게 도움을 요청하는 게 어려웠다. 특히 이번 일은

동네언니의 상담일기

상담자로서 가까운 사람을 지키지 못했다는 수치심이 함께 찾아왔다. 내가 잘못해서 자살을 막지 못한 게 아닐까 자꾸 곱씹게 되었다. 머리로는 내 잘못이 아님을 알았다. 하지만 혹시라도 놓친 부분이 있을까 봐 두려웠다.

어릴 적 부정적 경험으로 인해 존재에 대한 수치심도 있었다. 수치심은 내가 잘못된 존재라는 감각이다. 오랜 치료 끝에 좋아졌다고 여겼다. 그런데 힘든 일을 겪으니, 존재에 대한 수치심도 함께 고개를 들었다. 극심한 고통 속에서도 도움을 요청할 자격이 없다는 생각이 자꾸 들었다. 사람들에게 위로가 필요하다고 말하는 게 언감생심처럼 느껴졌다. 그래서 도움 요청을 하고서도 다시 취소하기를 반복했다.

이후 나와의 접촉도 끊어졌다. 감정의 플러그가 끊어지듯 자꾸 실없이 웃음이 새어 나왔다. 많이 좋아진 상태였지만 다시 사람들과 함께 있으면 나대고 싶어졌다. 사람들이 진지하게 말할 때 농담을 하고 싶고, 자꾸 안다고 말하고 싶었다. 사람들의 말을 무시하고 싶은 충동도 느꼈다. 상담받기 전 상태로 돌아간 것이다. 물론 과거와의 차이는 있었다. 과거에는 알아차림 없이 말했다면 지금은 내 상태를 인지했다는 점이다.

내가 힘들다는 걸 인정해야 했다. 그리고 도움이 필요한 상태임을 받아들여야 했다. 하지만 도움을 요청하면서도 사람들이 도와주려고 하면 거부하는 행동이 나왔다. 나는 수치심에서 기인한 '거대자기'가 있었다. 수치심이 있으면 초라함을 감추기 위해 잘하는 부분만 과하게 드러내거나 완벽하게 일을 처리하려 애쓴다. 거대자기는 갑옷 같은 것이다. 극심한 괴로움을 느끼면서도 도움을 받으니 비참함이 느껴졌다. 그래서 힘들수록 도움을 요청하지 못하고 혼자 고립되었다. 진정한 회복을 위해 갑옷을 벗는 용기가 필요했다.

수치심은 안전한 사람에게 자신의 이야기를 드러내면서 치유된다.

내 말을 듣지 않을 사람에게 이야기하는 건 더 큰 상처로 남을 수 있다. 극심하게 힘들었던 며칠은 혼자 버텨보려 애썼다. 혼자 있다고 느낄 때의 고통은 끔찍한 수준이었다. 마음 치유를 위해 내가 돌봄이 필요한 취약한 상태임을 받아들였다. 그리고 가장 보여주기 싫었던 나의 초라함을 드러내기로 했다. 그동안 긴밀하게 함께 공부했던 몇몇 동료에게 도움을 청했다.

"저 도움이 필요합니다."

만남은 물리적인 거리가 있어 영상 회의를 활용했다. 도움 요청에 나를 포함한 4명의 상담자가 모였다. 4년간 함께 공부하며 내밀한 이야기를 쌓아온 사람들이었다. 이 동료들이라면 내 고통을 함께 버텨줄 수 있을 것 같았다. 이때 주의해야 하는 건 감정을 하소연하는 넋두리이다. 이는 치유에

도움이 되지 않는다. 넋두리는 상대를 포함하지 않는 대화 방식이다. 넋두리는 말을 일방적으로 쏟아내는 것으로 상대를 감정의 쓰레기통으로 사용할 수 있다. 이때는 자살 생존자로서 내가 느끼는 감정을 중심으로 이야기하는 게 좋다.

"힘들어요. 이 시간이 참 고통스럽네요."

내가 말했다. 순간 그동안 참아왔던 눈물이 쏟아졌다.

"울어도 괜찮아요. 실컷 울어요."

동료들이 말했다. 동료들 앞에서 한참을 울었던 것 같다. 울고 나니 단단하게 입고 있던 갑옷을 벗은 느낌이 들었다. 갑옷을 벗고, 본연의 모습 그대로 존재하게 되니 차원이 다른 회복이 경험되었다. 연결감이었다. 동료들이 함께 있다는 감각이 느껴졌다. 내가 힘들 때 언제나 함께할 수 있는 동료들이 있다는 감각은 고통을 버틸 만한 무게로 변하게 했다.

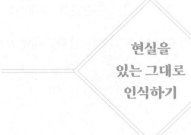

현실을
있는 그대로
인식하기

"주님!

제가 변화시킬 수 없는 것은

그것을 받아들일 수 있는 평화로운 마음을 주시고,

제가 변화시킬 수 있는 일을 위해서는

그것에 도전하는 용기를 주시며,

또한 이 둘을 구분할 수 있는 지혜를 주옵소서."

– 성 프란체스코의 기도문 –

'어머니가 어릴 때부터 정상이 아닐지도 모른다는 사실'

내가 가장 부인하고 싶었던 부분이었다. 이를 깨닫는 데 상담받은 지 50개월이 걸렸다. 내가 어머니를 부끄럽다고 느낀다는 것을 알아차리는 데에도 20개월이 걸렸을 만큼, 어머니의 이야기는 나누기 어려운 주제였다.

어느 날 상담 워크숍에 참여해 원가족 그리기를 했다. 그림에서 어머니와 오빠를 아주 작은 형태로 구석에 그려놓았다. 그림을 보며 '내가 어머니를 부끄럽게 생각하고 있나?' 생각했다. 한 번도 어머니를 부끄럽게 여긴다고 의식하지 못했기에 의아함이 들었다. 그 그림을 들고 상담자를 찾아갔다.

"제가 아무래도 우리 어머니를 부끄럽게 여기고 있는 것 같아요."

상담자는 어머니의 무엇이 부끄러운지 물었다. 아무리 생각해도 어머니의 부끄러움이 떠오르지 않았다. 겨우 떠올린 건 "어머니가 젓가락질 못 해서 부끄러워요."라는 말이었다. 그날 저녁이 되어서야 젊은 시절부터 구부러지기 시작한 어머니의 허리가 생각났다. 또 며칠이 지나니 어머니의 혼잣말이 떠올랐다. 그만큼 어머니의 무엇이 부끄러운지 생각하는 일은 어렵고 힘든 일이었다.

꾸준히 어머니에 대해 알아가며 많은 부분이 해결되었다고 생각했다. 그런데 50개월이 지난 지금도 어머니를 뵙는 일은 여전히 어려운 부분이 있었다. 과거에 비해 더 의식적으로 노력하고 있지만 큰 차이는 없었다. 과거에는 늘 밤 11시가 넘어야 친정에 갔다면 지금은 가끔 저녁 7시까지는 들어가려 노력한다는 점이다. 어머니와의 관계에서 무엇이 문제인지 알지 못했다. 그러다 보니 상담에서 이야기하는 것이 상당히 어려웠다. 어머니를 향해 가는 마음에 10중 잠금장치를 한 것처럼 느껴졌다. 하나의 문을 따고 들어가는 것조차 내겐 고통이었다. 상담 치료는 한 번의 알아차림으로 이루어지지 않는다. 무수한 알아차림과 접촉의 과정에서 같은 이야기를 해도 다른 알아차림으로 이어지는 경우가 있다.

어느 날 내가 사용하는 언어에서 알아차림이 생겼다.

"우리 집에서 유일하게 정상이라 생각한 분이 아버지였는데…."

무심코 던진 말이었다. 그 말을 통해 어머니를 비정상으로 여겨왔음을 알아차리게 됐다.

어머니가 어릴 때 큰 병을 앓았다는 이야기를 여러 번 들어왔다. 공부하며 어머니의 증상이 우울증과 전쟁 후유증으로 인한 PTSD 정도라 생각했었다. 그러나 증상을 깊이 연결 짓진 않았다. 친척들이 어머니에 대해 말해도 흘려들었다. 그런데 상담을 통해 힘이 생겼던 탓일까? 외삼촌을 만나

대화하던 중 "네 엄마가 어릴 때 자폐 증세를 보였다."라는 말이 귀에 들어왔다. 과거라면 흘려들었을 말이었다. 어머니와 함께 있던 자리라 더 자세히 묻지 못했다. 하지만 어머니의 병이 내가 생각했던 것보다 훨씬 더 심각했다는 걸 깨달았다. 그때부터 눈물이 났다. 그리고 모든 퍼즐이 하나씩 맞춰지는 느낌이었다. 나를 온전히 만난다는 건 빠진 퍼즐 조각을 찾아 맞추는 작업이다. 어머니가 옆에 계셔서 흐르는 눈물을 삼켜야 했다. 하지만 어린 내가 견뎠던 세월을 생각하니 서러움이 느껴졌다. 또 어머니의 인생을 생각하니 마음이 아팠다.

이런 마음을 상담자와 나누고 정리를 해 보고 싶었다. 상담받으러 가기 직전 큰이모에게 전화를 걸었다. 어머니의 경험을 좀 더 자세히 알 필요가 있었다.

멍해진 아이…. 아버지의 사랑을 독차지하던 아이는 어느 날 갑자기 아버지를 잃고, 큰 열병을 앓았다. 이후 열은 내렸지만, 크게 달라졌다고 했다.

"너희 엄마가 멍해지고…. 반응을 잘 못했어."라는 이야기에 마음이 아려왔다.

내가 상상하고 머릿속으로 생각했던 것보다 어머니의 우울증과 PTSD는 훨씬 더 심각한 상태였다. 아무것도 할 줄 모르던 어머니가 혼자 부산에 와서 갓난아기였던 오빠를 돌봐야 하는 것도 굉장히 버거웠겠다고 이해가 됐다. 나는 큰집에 합가한 상태였을 때 태어난 아이였다. 그 덕에 기본적인 돌봄은 받았다. 하지만 내가 울 때 멍하고, 뭔가 할 줄 모르는 약한 어머니라 느끼지 않았을까? 그래서 내가 어머니와 오빠를 돌보려고 했던 거구나 이해가 되었다.

어린아이가 어머니를 돌보려고 애쓰면서도 비정상이라는 걸 받아들인다는 건 두려운 일이다. 교회나 친척 모임 어딜 가도 묘하게 따돌림받는다고 느껴질 때가 있었다. 물론 내 지각이었다. 그리고 친척들이 내 앞에서 어머니의 흉을 볼 때가 있었다. 당시에 감정을 차단해서 느끼지 못했지만, 부족한 어머니의 모습을 보면서 나는 상당히 부끄러워했던 거 같다. 이런 나의 마음을 인정하기 힘들었다. 어머니를 있는 그대로 바라보는 게 고통스러우니 감정을 부인하거나 분열시켜왔음을 알게 됐다. 마음속 깊은 곳에서 아픔이 느껴졌다.

수치심이었다. 어머니의 모습을 있는 그대로 보면 아무것도 아닐 수 있다. 그러나 온전히 알고 받아들이기가 어려웠다. 어머니의 온전한 모습을 보지 못하고 부끄럽지 않은 척 포장하고 살아왔단 생각이 들었다. 어머니에게 패악을 부리며 괴롭혔던 지난날이 생각났다. 고통스러운 세월을 살아오신 어머니께 죄송한 마음이 들었다. 한편으론 어머니와 오빠를 바라보며 수치심의 고통이 극심했음에도 감정을 차단한 나를 생각하니 안쓰러운 눈

동네언니의 상담일기

물이 났다.

온전히 어머니를 마음으로 받아들인 이후 처음으로 어머니와 단둘이 1박 2일의 짧은 여행을 다녀왔다. 여행을 오가는 길 그동안 피하고 싶어 듣지 않았던 어머니의 이야기를 온전히 들을 수 있었다. 아버지에 대한 원망이 가득했던 어머니는 자신을 보호해 주지 않고 오해받게 해서 화가 났다고 했다. 그 일이 어머니에게 어떤 의미가 있는지 듣는 과정은 마음과 마음이 만나는 시간이 되었다. 물론 지금도 어머니의 모든 말을 늘 들을 수 있는 건 아니다. 어머니의 불평을 내가 들을 수 있을 때와 들을 수 없을 때를 구분함으로써 나를 보호하는 마음도 유지하고 있다.

받아들인다는 것은 상대와 나 모두 있는 그대로 인정하는 것이다. 그 과정에서 내가 바꿀 수 없는 부분은 있는 그대로 수용해야 한다. 자신의 감정과 불편할 수 있는 부모의 온전한 모습을 더욱 정확히 알아차리고 받아들이는 순간, 감정적인 갈등에서 스스로 빠져나올 힘을 갖게 되고 온전한 만남이 이루어진다.[22]

큰어머니께 학대당하면서도 자녀를 있는 힘껏 사랑으로 돌보려 애쓰셨던 어머니는 나만의 영웅이다.

일중독에 빠져 조급하게 살다가 매일 짧지만 산책하고 호흡을 연습했다. 있는 그대로의 나를 받아들이는 연습을 자꾸 했던 게 도움이 된 것인지 마음에 여유가 생겼다.

마음이 편안해지니 감사한 사람들이 떠오르기 시작했다. 먼저 감사한 사람은 남편이었다. 책을 쓰면서 느낀 것도 있었다. 그동안 남편 탓이라며 원망했던 부분들이 사실은 내 몫의 잘못도 있었음을 받아들였다. 그동안 전등을 끄라고 말하는 남편에게 싸우자고 덤볐던 아내였다. 서로 말이 통하지 않는다며 언성을 높였다. 지금도 가끔 큰 소리로 말할 때가 있지만, 지금은 서로의 차이를 받아들이기 시작했다. 그리고 남편이 무슨 말을 하는지 듣기 시작했다. 지금은 부부간에 웃음이 많아졌다. 남편의 실없는 농담에 과거엔 짜증이 났다. 지금은 불안과 긴장을 낮춰주는 말로 느껴진다. 내가 변하니 같은 말도 웃음 포인트가 된 것이다. 사랑한다는 표현을 많이 하게 된다. 나를 버티고 기다려 준 남편에게 감사하다.

그리고 상담자가 생각났다. 내가 그동안 만나온 상담자의 모습을 떠올리니 이상적인 아버지를 경험했다는 생각이 들었다. 때론 나의 실수에 엄중하게 꾸짖어 주시고, 힘들어할 땐 따뜻한 위로를 건네주었다. 상담자를 침범하거나 통제하려고 할 때 적절한 좌절을 통해 나를 더 성장할 수 있도록 도와주었다. 따뜻한 관심을 가지고 든든하게 가르쳐주는 아버지 같은 존재였다. 누군가가 돌봐주고 지켜준다는 감각이 전혀 없었던 내가 상담자에게 돌봄을 받고 있다고 느꼈다. 때론 엄하게 꾸짖는 아버지지만 그것이 경계를 그어주는 것임을 알게 되었다.

다음으로 감사한 사람은 시어머니였다. 이혼 후 재결합 과정까지 아이들을 돌봐주셨던 분. 만나면 늘 감사하다며 내게 사랑을 표현해 주셨지만 정작 나는 시어머니께 무뚝뚝하게 대했다. 감사함이 느껴지니 시어머니를 뵙고 싶어졌다. 시어머님과 둘이 같이 점심을 먹고 저녁 식사를 포장해서 시어머니 댁으로 갔다. 시어머님이 쓴 시를 읽으며 함께 보낸 시간이 좋았다. 시어머님도 꽤 흡족하신 눈치다. 그렇게 찾아뵙고 나니 건강하게 계신 시어머님께 감사했다. 어려운 가운데서도 우릴 위해 마음 써 주신 부분들이 느껴졌다.

그렇게 주말을 보내고 월요일이 되니 고등학교 때 친구 상희가 생각났다. 고등학교 3년을 같은 반에서 보낸 나의 가장 친한 친구다. 나를 좋아해 준 친구. 고2 때부터는 내가 활동하던 미술반에 들어왔고, 같은 미술 학원까지 다녀서 함께한 시간이 가장 긴 친구다. 나의 권유로 미술을 전공했고, 미술치료도 시작했다. 지금 게슈탈트 상담 수련도 마찬가지다. 그동안은 내 공이 있다고 생각했다. 내가 상희보단 좀 더 앞서 있다고 느끼거나 앞서야 한다고 생각했다. 그래서 가르치려 들거나 도우려고 할 때가 많았다. 그렇게 상희보다 내가 낫다는 우월감을 가지고 있었던 것 같다. 그런데 갑자기 상희에게 감사함이 느껴지기 시작했다. 과거 첫사랑과 헤어져서 힘들 때 말없이 내 곁에 있어 준 친구가 상희였다. 또 이혼으로 힘들 때 자신의 신혼집에 몇 주씩 함께 있도록 해준 친구도 상희였음이 생각났다. 그리고 인생에서 힘든 순간마다 곁에서 함께 있어 줬던 친구가 상희였다. 잘난 것 하나 없는 나의 말을 믿어주고 함께해 준 그 마음이 느껴지니 눈물 나도록 고마웠다.

나를 뒤돌아봤다. 욕심도 많고 보잘것없는 나와 함께해 준 사람들이 떠올랐다. 내가 그렇게 괜찮지 않은 사람임에도 함께해 준 사람들이 고마웠다. 대부분 사람은 내가 불편해지기 시작하면 말없이 거리를 뒀다. 그렇게 내 곁을 떠나간 사람들이 많았지만, 내 곁에 머물러 함께한 사람들이 느껴지기 시작했다. 그리고 감사해지기 시작했다.

동네언니의 상담일기

"사람들이 보이기 시작했네요."

내 말을 듣던 상담자가 말했다. 도우려고만 했던 사람들이 함께해줬던 존재로 느껴진다는 건 따뜻한 바람이 미세하게 불어오는 느낌이다. 그런데 사람에 대한 편안함을 느끼니 냉골에 갇혀 버림받을까 두려워하며 홀로 있던 나에서 누군가와 연결된 느낌으로 변해갔다. 나는 없이 상대에게 맞추기만 한다고 느꼈던 삶에서 누군가 함께 있다고 느껴지는 삶의 기쁨은 무척 컸다. 실수하는 순간에도 내 곁에 머물러 준다는 감각을 알아차리니 안정감이 느껴졌다.

"새벽이 오기 직전이 가장 어둡지만, 조금씩 밝아진 새벽을 알아볼 수 있는 건 사람들이 보이기 시작할 때이다."

상담자가 말했다. 나의 내면에서 진정한 치유가 일어나고 있음이 느껴졌다. 사람이 보이기 시작했다는 건 새로운 세계가 보이기 시작했고, 조금 더 나아졌다는 증거였다. 그리고 몸이 따뜻해졌다. 매년 11월이 되면 뼈에서 한기가 느껴졌다. 늘 잘 땐 이불을 두 겹으로 덮고, 경량 패딩까지 껴입어야 잠을 자던 나였다. 그런 내가 이젠 몸에서 체감하는 추위가 달라졌다. 세상이 따뜻하게 느껴지기 시작한 것이다.

힘 빼고
유연하게.
모든 순간을
파도 타듯

"상처 있는 사람이 주는 폭력도 폭력이다."

수퍼비전 시간에 들은 말이었지만 나에게 하는 말로 여겨졌다. 오랜 시간 부정적인 경험을 한 사람은 어느 한 시점에선 피해자다. 그러나 성장하며 이들은 타인에게 가해자가 될 때가 많아진다. 특히 상담 장면에서 부정적 경험자의 경우 상담자를 통제하고 경계를 침범하려 들 수 있다.

게슈탈트 집단 상담은 대인관계에서의 일어나는 나의 패턴을 알 수 있다. 처음 집단 상담에 참여했을 때 대인관계 패턴을 알고 나서 큰 충격을 받았다. 집단에서의 나는 사람들과 함께 할 줄 모르는 사람의 전형이었다. 집단 리더의 자리를 침범했고, 집단원들의 힘듦을 혼자 상상하고 도와주려고 노력하는 모습을 보였다. '저 사람은 그동안 말을 안 했으니 시켜봐야겠다.'라고 생각하며 집단원을 침범하고 통제하는 모습을 보이기도 했다. 그

동네언니의 상담일기

러나 정작 사람들이 나를 돕기 위해 다가오면 알지 못했다.

상담이 진행되면서 관계에서 나의 문제를 더 많이 알게 되었다. 집단 리더는 내가 사람을 위아래로 나누고, 아래라고 느끼면 가르치려 하거나 함부로 대하는 모습이 있음을 알려주었다. 이외에도 말을 공격적으로 할 때도 잦았다. 이런 문제를 알게 되니 대화하고 나면 자책하며 후회할 때가 많았다. 내가 잘못했구나 싶은 마음에 수치심이 들었다. 대인관계도 문제가 반복되니 이후 내가 하는 모든 말에 신경이 쓰였다. 사람들을 만나면 빠르게 지쳤고 혼자 있고 싶어졌다. 그리고 '내가 잘못하는 사람'으로 생각되니 사람들이 더 무서웠다. 그리고 나를 아는 사람들과 멀리하고 싶어졌다.

그 무렵 평소와는 다른 집단 상담에 참여했다. 나를 모르는 사람이 모인 곳이라 느껴지는 편안함이 있었다. 하지만 리더가 나를 평가하고 질책할까 두려운 마음이 컸다. 게슈탈트 집단 상담은 관계성 향상을 돕기 위한 곳이라 집단원이 듣기 불편한 이야기라도 하는 경우가 있다. 그것이 진정으로 그 사람들을 돕기 위한 방법이기 때문이다.

첫날 집단 상담에 참여하니 어떤 피드백이 올지 몰라 두려움이 들었다. 하지만 두 번째 날 문득 '내가 수영을 배우러 와서 수영 코치가 무섭다며 물에 들어가지 못하고 있는 건 아닌가?'라는 생각이 들었다. '수영장에서 허우적거리다 물을 먹더라도 코치가 있으니 들어가서 배워 보자.'라고 결심하는 마음이 들었다. 그때부터 집단 상담에서 눈치 보지 않고 말했다. 나의 가장 연약한 부분을 드러내고 있음에도 부끄럽지 않았다. 힘이 있어야 하고 잘해야 한다고 생각했던 나였다. 그런데 무서워하며 벌벌 떠는 모습을 사람들 앞에 내보였음에도 편안함이 느껴졌다. 스스로 평가하지 않고 참여하니, 마치 '풍덩' 온몸을 내맡기며 신나게 물놀이하고 나온 느낌이었다. 그렇게 대화하고 나니 집단원 모두가 함께 왈츠를 추고 있는 기분이었다. 많은 말을 한 건 아니었지만 대인관계에서 신나게 대화한 경험을 하고 나니 모든 사람이 연결된 것 같았다.

'그물에 걸리지 않는 바람처럼.'

이 말이 내 마음에도 찾아올지 몰랐다. 예전보다 덜하지만 실수할 때도 많고 그것이 상대를 향한 침범으로 이어질 때가 있다. 하지만 동료들을 믿고 있는 그대로의 나를 드러내도 괜찮다는 믿음이 생기기 시작했다. 인생의 고통이 모두 사라진 건 아니었다. 하지만 고통이 찾아오면 파도를 타듯 내 몸의 힘을 빼고 편안하게 맡기면 지나간다는 경험을 하게 된다. 물론 너무 거친 파도가 밀려오니 금방 다시 발이 닿지 않는 바다에 빠져 허우적거리는 기분도 들었다. 하지만 집단 상담은 인생의 바다에서 서핑을 배우는 느낌이 들었다. 고통이라는 거친 파도가 찾아오면 그 파도를 서핑하듯 그대로 타면서 건너가는 방법을 함께 배우는 느낌이었다. 내가 빠지면 동료가 손을 잡아주는 경험은 어릴 적 부정적 경험을 긍정적인 경험으로 다시 바꿔 가는 시간이었다.

몇 번의 경험으로 모든 게 변화되는 건 아니다. 하지만 내가 소외되지 않으면서도 함께 있는 사람들 또한 소외되지 않은 대화 방식에 대한 경험은 큰 기쁨을 느끼게 해주었다.

삶을 살아가며 힘든 일은 계속 찾아올 것이다. 하지만 그때마다 서핑하듯 고통을 만나고 건너면 되겠다는 체험이 되었다. 지나간 것을 붙들지 않고 다가올 것을 두려워하지 않는 마음. 반성은 하되 나를 평가하고 자책하지 않는 마음이 드니 삶의 괴로움이 줄어들었다. 물론 다 잘되는 것은 아니다. 하지만 경험이 쌓여갈수록 점점 단단해지겠다는 인생의 기대감이 든다.

지금은 잠깐 잔잔한 파도 위에 편안하게 떠 있는 것처럼 느껴진다. 새벽에 잠깐 잠이 깼을 때, 문득 그물에 걸리지 않는 사람처럼 지낸다는 게 이런 거구나 싶어 벅찬 감정이 느껴졌다. 어떤 고통스러운 감정이라도 붙들지 않는 마음이 중요하다. 그저 느껴지면 만나고 그냥 두면 사라졌다. 이 과정이 마치 파도의 흐름처럼 자연스러웠다.

앞으로도 고통과 어려움은 찾아올 것이다. 물론 쉽지 않은 여정이겠지만, 나는 더 이상 혼자가 아님을 알고 있다. 나와 너 그리고 우리가 함께 연결된 세상에서 살고 있는 한 무섭지 않다. 경험이 쌓여갈수록 나와 너, 그리고 우리의 연결을 더 깊게 만들어 줄 거라 믿는 마음이 생겼다. 과거의 패턴은 여전히 반복될 수 있다. 하지만 그때마다 알아차리며 새로 난 길을 기억하려 노력할 것이다.

"난 더 이상 혼자가 아니다."

잠깐! 상담받기 전 알아야 할 것

1. 상담받으며 알아차렸던 기록 남겨놓기

상담을 받은 직후에는 많은 것을 깨닫는다. 하지만 몇 시간만 지나도 대부분 잊어버린다. 상담 주제는 계속 반복된다. 이를 기록해 두면 나의 진전과 변화를 확인할 수 있다. 상담을 통해 나아지는 과정은 나선형으로 진행되기 때문에 좋아지지 않는 것처럼 보일 수 있다. 하지만 기록이 있으면 조금씩 나아지는 모습을 확인할 수 있다. 또한, 나의 취약성을 인식하고 습관화된 행동 패턴을 주의할 수 있게 된다. 기록은 실망하지 않고 마음을 다잡는 데 큰 도움이 된다. 나는 계속 기록을 남겨왔음에도 다시 보면 새롭다. 이 책은 미래의 나를 위한 기록이다.

2. 내가 좋아하는 것 리스트 작성하기

상담을 받는다고 해서 즉시 좋아지지는 않는다. 때로는 더 힘들어질 수도 있고, 소진이 올 수도 있다. 이런 때를 대비해 내가 좋아하는 것을 리스트로 만들어 두는 것이 도움이 된다. 평소에 내가 좋아하는 것들을 세심하게 기록해 두면, 힘들 때 바로 꺼내 쓸 수 있는 보물 상자를 갖는 것과 같다. 예를 들어, 좋아하는 음악, 방문하고 싶은 장소, 좋아하는 활동 등을 구체적으로 작성해 두자. 음악의 경우 시기에 따라 선호하는 장르가 다를 수 있으니, 클래식, 재즈, 노래 부르기 등 다양한 리스트를 만들어 두는 것이 좋다. 좋아하는 장소도 마찬가지다.

3. 친구들과의 연결감 가져보기

외로움을 느낄 때 사람은 사회적 위협을 더 빨리 감지한다고 한다.[23] 너무 소진이 오거나 극심하게 힘든 일이 생기면 친구가 떠오르지 않을 수 있다. 힘들 때일수록 연결감을 유지하는 것이 중요하다. 외로움이 느껴지면 천천히 생각하고 도움을 요청할 수 있는 친구에게 연락해 보자. 힘들 때 친구와 차 한잔하며 안부를 묻는 일상적인 대화만으로도 큰 도움이 된다. 다만, 친구에게 자신의 힘듦을 쏟아내지 않도록 주의해야 한다. 친구를 감정의 쓰레기통으로 이용하면 친구와의 연결은 끊긴다. 또 친구를 대상화하는 문제가 생긴다.

4. 마음 챙김 명상 연습하기

호흡과 마음 챙김 명상을 유튜브 영상을 찾아 반복해서 연습해 본다. 마음 챙김은 매 순간을 알아차리는 것이다. 이는 게슈탈트 영성 치료나 그라운딩 기법과 비슷한 효과가 있다. 호흡하며 내가 보고 느끼는 것을 알아차리기 시작하면 큰 안정감을 느낄 수 있다. 마음 챙김 명상은 심리적인 안정감을 주고, 현재에 집중할 수 있게 도와준다.

복합
외상 경험자는
어떤 상담자를
만나야
할까요?

상담을 받는 과정에서 오히려 더 큰 트라우마를 경험하는 사람들이 있다. 좋은 상담자를 만나는 것은 큰 복이다. 박사 학위에 상담 전문가 자격증이 상담 실력을 보장해 주지는 않는다. 대학원을 졸업하고 상담 자격증을 가진 사람들은 많다. 하지만 실력과 인품을 고루 갖춘 사람을 찾는 일은 쉽지 않다. 나 역시 믿을 만한 상담자를 찾는 데 오랜 시간이 걸렸다. 복합외상 경험자들의 경우 어떤 상담자를 만나는 것이 좋을까?

1. 복합외상 치료에 대한 이해가 있는 사람

복합외상에 대한 이해 없이 증상만을 보면 조울증, 우울증, 불안장애, 성격장애 등으로 오해하기 쉽다. 복합외상에 대해 깊은 이해가 있는 사람이라야 안전한 상담이 가능하다. 대학원을 졸업했다고 해서 모두 복합외상에 대해 잘 아는 것은 아니다. 나는 2008년부터 상담을 공부하고 2011년부

동네언니의 상담일기

터 트라우마에 관한 공부를 시작했다. 또 트라우마를 전공한 정신과 교수님 밑에서 임상 수련도 받았다. 그러나 복합외상과 일반 외상의 치료적 접근에 차이를 두어야 한다고 알게 된 것은 4년 전이었다. 일반 외상은 노출 치료가 도움이 된다. 하지만 복합외상 경험자들의 경우 안전함이 보장되지 못한 상태에서 섣부른 노출은 오히려 상처를 헤집어 놔서 더 괴로워질 수 있다. 따라서 복합외상에 대한 전문성이 보장된 상담자를 만나는 것이 중요하다.

2. 상담자의 자격 여부를 확실하게 질문하기

일반인들은 자격증의 구분이 어렵다. 1급 상담 자격증이면 다 같다고 생각하기 쉽다. 협회와 학회는 엄연히 구분된다. 예를 들어, 일부 ○○ 상담협회 자격증은 인터넷으로 몇 시간 수업을 들으면 받을 수 있어 무자격자나 마찬가지이다. 반면 한국상담심리학회, 한국상담학회, 임상심리학회, 게슈탈트 상담학회 등 학회 자격증의 경우 최소한의 수련 시간을 보장한다. 물론 자격증이 모든 상담 실력을 담보하진 않지만 1급 자격증이 있다는 것은 1,000시간 가까운 수련 과정을 거쳐왔다는 의미이다. 가까운 상담자를 찾으려면 각 상담학회 홈페이지를 이용해 보자.

3. 자신의 한계를 인정할 줄 아는 상담자

"당신의 문제는 내가 다 해결해 줄 수 있다."라고 말하는 상담자는 피하는 것이 좋다. 경력은 짧아도 자신의 한계를 인정하며 수퍼비전을 받는 상담자가 더 도움이 될 때가 많다. 30년 이상 경력의 대가들도 수퍼비전을 받는 경우가 있다. 늘 배움의 끈을 놓지 않는 상담자여야 한다. 자신의 한계를 인정하는 상담자는 내담자가 서운함을 표현했을 때 이를 수용해 주며 매우 치유적인 경험을 제공할 수 있다. 반면 완벽을 추구하거나 자신의 한계를 인정하지 않는 상담자는 내담자의 서운함을 내담자의 잘못으로 돌릴 가능성이 크다. 물론 이때의 한계는 상담자가 자기 잘못을 무조건 인정하는 게 아니다. '자신이 누군가에게 상처를 줄 수 있는 존재'라는 인식이다.

4. 경계가 있는 상담자

경계는 내담자 보호를 위해 필수로 선행되어야 한다.

상담자와 내담자는 친구가 되어서는 안 된다. 상담 관계에서 치유되어 일상에서 친구를 만들 수 있도록 도와야 하기 때문이다. 열정이 있고 돌봄을 더 주고 싶은 마음에 과하게 주려는 상담자는 경계가 불명확할 수 있다. 상담자의 경계 있는 행동을 통해 내담자는 보호받고, 치유적인 관계를 경험해 갈 수 있다.

특히 내담자가 성적으로 유혹할 때 이에 응하는 상담자라면 최악이다.

정해진 금전 외 다른 비용을 청구하거나 성적인 관계를 요구하면 바로 자리에서 떠나야 한다.

5. 유명세로 상담자를 결정하지 말자

말을 잘하는 것과 상담을 잘하는 것은 다르다. 유튜버 중 연애 고민이나 자기 경험을 이야기하며 상담을 유도하는 사람들이 있다. 여기에 현혹되지 말자. 자격 여부나 수련 과정을 정확하게 따져봐야 한다. 상담자의 논문을 찾아보거나, 그 사람이 쓴 글을 읽어보는 것도 도움이 된다.

6. 기타 내용

모호함을 잘 견딜 수 있는 상담자여야 한다. 당신이 말하지 않을 때 상담자가 말이 많아진다면 당신의 상담은 방해받을 수 있다. 첫 만남에서 눈맞춤이 잘되는 상담자인지도 중요하다.

복합외상 경험자의 경우, 몇 달의 상담으로 끝나지 않을 수 있다. 집 근처에 상담자가 없다면 영상통화를 이용한 상담도 고려해 볼 수 있다. 영상 상담은 내 공간이라는 안전함을 제공해 주는 장점이 있다.

마음이
아플 땐 어디로
가야 할까?

심리상담을 받아야 한다면 우선 누구를 만나야 할지 막막해진다. 정신건강의학과 병원에 가야 할까? 아니면 심리상담 센터를 찾아야 할까?

증상이 있어서 전문적인 심리검사가 필요하다면 임상심리사에게 검사를 의뢰하는 게 좋다. 임상심리사는 임상심리학회 홈페이지에서 찾을 수 있다. 아니면 병원에 연계된 임상심리사도 있다. 임상심리사와 상담자는 심리검사에서 전문성 차이가 있다. 상담자들이 시행하는 심리검사는 주로 상담의 방향성을 이해하기 위해 실시한다. 반면, 임상심리사는 진단을 위한 목적이다. 병원에서는 약물 치료가 필요한지 여부와 심리적 문제의 발병 원인을 파악하기 위해 지능검사, 투사검사, 객관화 검사 등 다양한 도구로 검사를 진행한다. 검사를 통해 진단명을 받게 되며, 이를 토대로 치료가 진행된다.

동네언니의 상담일기

임상심리사의 수련은 병원에서 진행된다. 주로 병원에 방문하는 환자들을 대상으로 검사를 진행하며 배우게 된다. 임상심리사 중에는 상담 수련을 따로 하지 않아 검사만 하는 임상심리사도 있다.

상담자는 진단에 대한 이해는 가지고 있지만, 상담을 어떻게 할지 고민하며 검사를 진행한다. 비슷하게 발병 원인을 찾기는 하나, 검사 도구에 대한 이해는 임상심리사와 차이가 있다. 상담자들은 주로 상담 과정을 중심으로 공부하며, 심리검사 보고서를 토대로 상담을 어떻게 진행할지에 초점을 두고 오랜 시간 수련을 받는다. 따라서 상담을 받을 때는 상담사 자격을 갖춘 사람을 찾아가는 것이 좋다. 상담자의 주 이론에 따라 상담 방식은 다를 수 있다. 나는 게슈탈트 상담을 하는 사람을 만났지만 그 외에도 정신분석, 인지치료, 수용전념치료, 해결중심치료, 대상관계, 인간 중심 치료, IFS(내면가족체계치료) 등 이외에도 다양한 치료 이론이 있다. 나의 **복합외상 치료에 도움이 된 방식은 게슈탈트 상담과 IFS, 마음 챙김이다.**

게슈탈트 상담자의 경우 심리검사를 잘 하지 않는다. 게슈탈트 상담자는 내담자를 진단명으로 바라보지 않기 때문이다. 물론 필요시 약물치료를 권할 수 있다. 또 심리치료 과정에서 필요하면 임상심리사에게 검사를 의뢰하기도 한다. 게슈탈트 상담자의 경우 검사지를 가지고 상담을 받으러 가야 하는 것은 아니다.

심리상담의 주요 구분은 다음과 같다:

상담심리사: 상담을 통해 내담자의 문제를 해결하는 전문가.

정신건강의학과: 약물 치료를 포함해 정신 질환을 치료하는 의사.

임상심리사: 심리검사를 통해 진단하고, 치료 계획을 세우는 전문가.

특별한 증상은 없지만 심리적인 불편감, 대인관계 문제나 갈등이 반복해서 일어난다면 심리상담 센터에서 상담받는 것이 좋다. 혹은 내 선택이 잘못되었을까 걱정하지 않아도 된다. 어느 곳을 먼저 방문하든 치료의 방향을 달리해야 할 때는 병원을 가 보라는 권유를 받을 수도 있고, 상담을 받으라는 권유를 받을 수도 있다.

게슈탈트 심리학회 kgcpa.or.kr
한국임상심리학회 kcp.or.kr/new/psychologistManagement/list.asp
한국상담심리학회 krcpa.or.kr/user/new/sub04_1new.asp
한 국 상 담 학 회 counselors.or.kr/KOR/user/find_counselors.php

1. 『개로 길러진 아이: 사랑으로 트라우마를 극복하고 희망을 보여 준 아이들』 브
   루스 D. 페리, 마이아 살라비츠 (황정하 옮김, 민음인, 2011)
   – 부정적 경험이 삶에 어떤 영향을 미치는지 아동을 직접 만나 치료한 사례를
     담은 책. 이론과 치료 장면을 함께 소개하고 있어 쉽게 읽을 수 있다.

2. 『생존자들: 뿌리 깊은 트라우마를 극복한 치유의 기록』 캐서린 길디너
   (이은선 옮김, 라이프앤페이지, 2022)
   – 저자가 25년 동안 상담했던 사례 중 어릴 때 만성적인 부정적 경험을 한 4명
     의 내담자와의 상담 기록을 담았다. 가독성이 좋고 감동이 있다.

3. 『몸은 기억한다: 트라우마가 남긴 흔적들』 베셀 반 데어 콜크
   (제효영 옮김, 을유문화사, 2020)
   – 트라우마계의 바이블이라 말할 수 있는 책. 트라우마가 뇌와 마음에 어떻게
     연결되어 영향을 미치는지 이해할 수 있도록 돕는 책으로 이론과 사례가 섞
     여 있다.

4. 『천재가 될 수밖에 없었던 아이들의 드라마: 무의식에서 나를 흔드는 숨겨진 이
   야기』 앨리스 밀러 (노선정 옮김, 양철북, 2019)
   – 부정적인 경험을 한 사람들이 대인관계에서 하는 역할을 이해할 수 있는 책.
     핸드북처럼 작은 사이즈지만 책 전체에 밑줄을 그을 정도로 유익한 내용을
     담고 있다.

5. 『관계를 읽는 시간: 나의 관계를 재구성하는 바운더리 심리학』 문요한
   (더 퀘스트, 2018)
   – 어린 시절 부정적인 경험을 하고 관계에 어려움을 겪고 있는 사람들이 읽어
     보면 좋을 책. 관계에서 나의 경계를 확인할 수 있어 배움이 크게 됐다.

참고 도서

김정규 『게슈탈트 심리치료: 창조적 삶과 성장』 학지사, 2015.

베셀 반 데어 콜크 『몸은 기억한다』 제효영 옮김, 을유 문화사, 2016.

네이딘 버크 해리스 『불행은 어떻게 질병으로 이어지는가』 정지인 옮김, 심심,
2019.

미주

1) 다미 샤르프 (2020) 『당신의 어린 시절이 울고 있다』 서유리 옮김. 동양북스
2) 문요한 (2023) 『관계의 언어』 더 퀘스트
3) 브루스 D. 페리, 마이아 살라비츠 (2011) 『개로 길러진 아이』 황정아 옮김, 민음인
4) 문요한 (2023) 『관계의 언어』 더 퀘스트
5) 전홍진 (2020) 『매우 예민한 사람들을 위한 책』 글항아리, 94p
6) 네드라 글로버 타와브 (2021) 『나는 내가 먼저입니다』 신혜연 옮김, 매일경제신문사
7) https://namu.wiki/w/도파민
8) 니콜 르페라 (2021) 『내 안의 어린아이가 울고 있다』 이미정 옮김, 웅진지식하우스
9) 고영건, 김진영(2019) 『행복의 품격』 한국경제신문, 82~87p
10) 김정규 (2024) 『이해받는 것은 모욕이다』 한국교육방송공사(EBS)
11) 캐서린 길디너(2022) 『생존자들』 이은선 옮김, 라이프앤페이지.
12) 베셀 반 데어 콜크 (2016) 『몸은 기억한다』 제효영 옮김, 을유 문화사, 281p
13) 류시화 (2023) 『내가 생각한 인생이 아니야』 수오서재
14) 김종갑 (2017) 『혐오-감정의 정치학』 은행나무
15) 네이딘 버크 해리스 (2019) 『불행은 어떻게 질병으로 이어지는가』 심심
16) EBS(2023년 5월 2일). 베셀 반 데어 콜크 정신건강 특집 〈트라우마〉: 2강 아동기 경험이 중요한 이유
17) Cory J. Cascalheira, Ellen E. Ijebor, Yelena Salkowitz, Tracie L. Hitter and Allison Boyce Sexual and RelationShip theRapy 2023, Vol. 38, no. 3, 353－383
18) 앨리스 밀러 (2019) 『천재가 될 수밖에 없었던 아이들의 드라마』 노선정 옮김, 양철북
19) 테리 콜 (2021) 『선을 긋는 연습』 민지현 옮김, 생각의 길
20) 앨리스 밀러 (2019) 『천재가 될 수밖에 없었던 아이들의 드라마』 노선정 옮김, 양철북
21) 〈서울신문〉 23년 3월 9일 매일, 짧게, 혼자 하지현의 사피엔스와 마음
22) 쉬 하노이 (2020) 『지금 나를 위로하는 중입니다』 최인애 옮김, 마음책방
23) 비벡 H. 머시 (2020) 『우리는 다시 연결되어야 한다』 이주영 옮김, 한국경제신문사, 75p